Fear Street

R. L. Stine

Der silberne Dolch

Ellie hat das zweite Gesicht

Aus dem Amerikanischen übersetzt
von Sabine Tandetzke

Loewe

Der Umwelt zuliebe ist dieses Buch auf chlorfrei gebleichtem Papier gedruckt.

ISBN 3-7855-3126-5 – 2. Auflage 1999
Titel der Originalausgabe: The Mind Reader

Veröffentlicht mit Genehmigung des Originalverlags Pocket Books, New York.

Aus dem Amerikanischen übersetzt von Sabine Tandetzke
Umschlagillustration: Arifé Aksoy
Umschlaggestaltung: Pro Design, Klaus Kögler
Satz: DTP im Verlag
Gesamtherstellung: Wiener Verlag
Printed in Austria

Kapitel 1

„Hi, Sarah!“, begrüßte Ellie Anderson ihre beste Freundin und schwang sich auf einen der Hocker vor dem Tresen von Almas Café. „Na, wie läuft das Geschäft?“

„Hi, Ellie. Kann mich nicht beklagen“, sagte Sarah Wilkins grinsend und schnipste ein paar Krümel zu Ellie hinüber, als sie die pinkfarbene Resopaloberfläche des Tresens abwischte. Sarah hatte kurzes, seidiges schwarzes Haar, wunderschöne braune Augen und olivfarbene Haut. „Was möchtest du? Einen Hamburger mit Fritten?“

Ellie strich sich ihre langen, blonden Haare zurück und rümpfte die Nase. „Nee, bloß 'ne Diät-Cola.“ Sie warf einen Blick über die Schulter auf die Tische hinter ihr.

Sarah lehnte sich über den Tresen. „Mir kannst du nichts vormachen. Du bist doch nicht gekommen um mich zu sehen. Du wolltest bestimmt nur mal wieder gucken, welche Typen sich hier rumtreiben“, zog sie ihre Freundin auf.

„Du hast mich durchschaut“, lachte Ellie. „Warum sollte ich auch sonst herkommen?“

„Du solltest öfter mal mit mir losziehen, dann wärst du auch nicht mehr so schüchtern gegenüber Jungen“, sagte Sarah auf einmal ganz ernst zu ihr. „Na ja, auf jeden Fall ist hier heute sowieso nicht viel zu holen – mit Ausnahme der Yuppie-Brüder.“ Das war Sarahs Spitzname für Joel Harper und Frank Schuler, die beiden begehrtesten Typen an der Shadyside High-School.

Ellie warf noch einmal einen verstohlenen Blick über die Schulter auf die vier Leute, die an einem der hinteren Tische in der Ecke saßen und gerade riesige Portionen Pommes mit Ketschup verdrückten. Joel und Frank trugen wie immer ihre Jacken in den High-School-Farben Braun und Grau und hatten sich so richtig breit gemacht. Ihre Freundinnen, Anna Toro und Patty Jacquet, saßen ziemlich eingequetscht zwischen ihnen.

„Wie üblich sieht man die Yuppie-Brüder nur in Begleitung ihrer gehirnamputierten Freundinnen", fügte Sarah mit einem abfälligen Schnauben hinzu. „Die Jungs zeigen ihnen gerade, wie man richtig Pommes isst."

Ellie prustete los. Sarahs sarkastischer Humor war ein Grund, warum sie so gute Freundinnen geworden waren. Die beiden Mädchen hatten aber außerdem noch eine Menge anderes gemeinsam – zum Beispiel die Tatsache, dass sie beide allein mit ihren Vätern lebten.

Ellie und ihr Vater waren erst vor kurzem zurück nach Shadyside gekommen. Ellie war zwar hier geboren, aber als sie zwei Jahre alt war, starb ihre Mutter. Daraufhin zog ihr Vater mit ihr zu den Großeltern. Jetzt – vierzehn Jahre später – waren sie wegen seines Jobs zurückgekehrt.

Ellie war froh wieder in Shadyside zu sein. Aber es war nicht einfach, so kurz vor dem Abschlussexamen noch einmal die Schule zu wechseln. Die meisten Schüler in ihrer Klasse kannten sich schon, seitdem sie zusammen in den Kindergarten gegangen waren.

„Meinst du, du kriegst es hin, mir meine Cola zu geben, bevor ich vor Durst sterbe?", fragte Ellie schnippisch.

„Bloß keine Hektik", sagte Sarah gelassen und grinste. „Wir können ja mal drüber reden, wenn du mir das Trinkgeld rübergeschoben hast."

Die Glocke an der Eingangstür von Almas Café klingelte. Ellie drehte sich um. Ein gut aussehender Typ, den sie noch nie hier gesehen hatte, kam herein. Er hatte dunkle Augen und rotbraune Haare, die oben lang und zerzaust und an den Seiten ganz kurz geschnitten waren.

Auf jeden Fall ist er zu alt um noch zur High-School zu gehen, dachte Ellie und betrachtete seine Klamotten genauer. Er trug ein aufgeknöpftes Hemd über einem blauen T-Shirt und ausgebleichte Jeans. Eindeutig College! Und er bewegte sich mit einer Selbstsicherheit, die sofort auffiel.

„Wow!", stöhnte Sarah, als sie mit einem lauten Knall das Glas vor Ellie hinstellte. „Wer ist *das* denn?"

Als der Junge sich an den Tisch hinter Ellie setzte, warf er den beiden Mädchen einen Blick zu. Seine dunklen Augen fingen Ellies ein und ließen sie nicht mehr los.

Ellie wurde rot und drehte sich verwirrt wieder zum Tresen um. „Hör auf ihn so anzustarren, Sarah. Er denkt sonst noch, wir kommen gleich zu ihm rüber", zischte sie ihrer Freundin zu.

„Tun wir doch auch!", flüsterte Sarah zurück und griff sich eine Speisekarte aus dem Ständer. „Ich werd mal seine Bestellung aufnehmen." Sie kam hinter dem Tresen hervor und ging an seinen Tisch.

Ellie nippte an ihrer Cola. Sie konnte hören, wie Sarah sich mit dem Jungen unterhielt. Seine Stimme klang sanft und warm. Was für ein toller Typ!, dachte sie.

Vergiss es, Ellie, sagte sie sich. Du weißt doch ganz genau, wie schüchtern du bist. Besonders, wenn es um Typen vom College geht. Du wirst nicht mal seinen Namen rauskriegen!

„Brian Tanner", verkündete Sarah atemlos, als sie wieder hinter den Tresen schlüpfte.

Ellie war sprachlos. „Du hast ihn doch nicht etwa gefragt, wie er heißt!", sagte sie ungläubig.

„Na klar! Ich hab ihm gesagt, dass du es unbedingt wissen wolltest.“

„Du hast *was*?“ Ellie wurde rot und merkte dann, dass ihre Freundin sie nur auf den Arm nahm.

Sarah drehte sich grinsend um und schenkte ein Glas Selter ein. „Hast du wirklich geglaubt, dass ich es gemacht habe? Das würde ich dir doch nie antun!“

Aber Ellie traute Sarah so was durchaus zu. Verlegen beugte sie sich über den Tresen und versteckte sich hinter ihrem langen, honigfarbenen Haar. Obwohl sie mit dem Rücken zu ihm saß, konnte sie die eindringlichen Blicke des Jungen förmlich spüren.

Das bildest du dir nur ein, Ellie, sagte sie sich. Hör auf zu spinnen! Er betrachtet wahrscheinlich gerade die Speisekarte und nicht dich.

Trotzdem überfiel sie plötzlich das heftige Gefühl unbedingt von hier verschwinden zu müssen. Sie sprang vom Barhocker, griff in die Tasche ihrer Jeans und zog zwei verknitterte Geldscheine heraus. Dann verabschiedete sie sich hastig von Sarah, griff nach ihrem Rucksack und sprintete so schnell durch die Tür, dass die Glocke hinter ihr wie verrückt klingelte.

Sobald sie draußen war, begann sie zu rennen. Vorbei an dem Fenster, hinter dem der Junge saß, die Straße hinunter – so lange, bis das Café außer Sicht war.

Nach Luft schnappend blieb sie schließlich stehen.

Was ist da bloß gerade passiert?, fragte sich Ellie verwundert. Gut, sie war schon immer ziemlich schüchtern gewesen, was Jungens anging, aber sie hatte noch nie das Gefühl gehabt, dass sie unbedingt weglaufen musste.

Ganz schön merkwürdig, das Ganze, dachte Ellie.

Als Ellie nach Hause kam, begrüßte sie ihr schwarzer

Labrador Chaz mit einem begeisterten Geheul. Der Schwanz des großen Hundes klopfte aufgeregt gegen den Türpfosten und er schubste sie vor lauter Wiedersehensfreude zurück auf die Eingangsstufen.

„Ist ja gut, Chaz!“, sagte Ellie lachend. „Du willst bestimmt spazieren gehen, nicht wahr?“ Sie warf ihren Rucksack in den Flur und nahm Chaz’ Leine vom Haken. Dann schloss sie die Haustür und lief auf dem Bürgersteig hinter ihrem Hund her.

Es war schon früher Abend und ein klarer, kalter Herbsttag. Die Blätter hatten gerade begonnen die Farbe zu wechseln. Ellie drehte sich um und blickte noch einmal zu ihrem Haus zurück: Raintree Lane 1201. Eigentlich gar nicht so schlecht, dachte sie.

Obwohl die kleinen Zweifamilienhäuser in der Straße alle gleich aussahen, wirkten sie doch gepflegt und irgendwie gemütlich. Auf jeden Fall eine echte Verbesserung gegenüber der Bruchbude ihrer Großeltern, die in einem riesigen, alten Farmhaus wohnten, von dem die Farbe in großen Placken abblätterte und in dem bei jedem Schritt die Fußbodendielen knarrten.

Mit schnellen Schritten bog Ellie in den Hawthorne Drive ein. Chaz lief ein ganzes Stück vor ihr her und schnüffelte aufgeregt an jedem Baumstamm herum. Sie pfiff nach ihm und ging dann in Richtung Fear Street.

Ein fettes braunes Eichhörnchen flitzte unter eine Hecke. Laut bellend jagte Chaz hinter ihm her, sein schwarzes Fell glänzte in der untergehenden Sonne.

„He, Chaz! Komm sofort zurück!“, rief Ellie und folgte dem Hund ohne groß darüber nachzudenken. Chaz ignorierte ihre lauten Rufe. Vom Jagdfieber gepackt verfolgte er das Eichhörnchen und stürmte in den Wald, der direkt neben der Fear Street begann.

„Chaz! Verdammt noch mal, bleib endlich stehen!", brüllte Ellie und lief keuchend hinter ihm her.

Als sie ihn schließlich einholte, waren sie schon ein ganzes Stück im Wald und Chaz schien das Eichhörnchen inzwischen völlig vergessen zu haben. Er planschte in einem kleinen Bach herum, dessen aufgewühltes Wasser schmutzig braun war.

Völlig außer Atem ließ Ellie sich auf den Boden fallen und lehnte sich mit dem Rücken gegen die moosbewachsene Oberfläche eines großen Felsens. Auf einmal sah sie ganz deutlich Brian Tanners dunkle Augen vor sich und fragte sich, ob sie ihn jemals wieder sehen würde.

Dabei war sie wirklich nicht scharf auf einen Freund. Nicht nach all dem, was im letzten Jahr passiert war.

Ellie seufzte und schloss die Augen. Niemals würde sie ihr erstes Jahr an der Fairfield High-School vergessen. Und die erste Liebe ihres Lebens, Tommy Wheaton.

Tommy war ein wirklich toller Typ gewesen. Aber Ellie hatte es verdorben.

Sie versuchte nicht daran zu denken, warum sie sich getrennt hatten.

Ich kann doch nichts dafür, dass ich das zweite Gesicht habe!, hätte sie am liebsten geschrien. Es war doch nur wegen meiner verdammten Hellsichtigkeit!

In einer Vision – einem ganz klaren Bild, das plötzlich in ihrem Kopf auftauchte – hatte sie gesehen, wie Tommy ihre beste Freundin Janine küsste. Dieses Bild war so deutlich, so überzeugend, dass Ellie es einfach glauben musste.

Sie erzählte es Tommy und Janine und warf ihnen vor, dass sie sie hinter ihrem Rücken betrogen hätten. Die beiden stritten alles ab. Sie hätten sich zwar einmal auf einer Party geküsst, aber das wäre schon eine ganze Zeit her – lange bevor Ellie und Tommy zusammengekommen waren. Und seitdem wäre nie wieder etwas gelaufen.

Aber Ellie konnte dieses Bild nicht aus ihrem Kopf vertreiben. Immer, wenn sie gar nicht damit rechnete, tauchte es wieder auf und sie wurde das Gefühl einfach nicht los, dass Tommy und Janine sie belogen hatten. Sie traute keinem von beiden mehr.

Tommy machte schließlich Schluss und Janine sagte ihr, sie sei ja völlig verrückt, und sprach kein Wort mehr mit ihr.

Vielleicht bin ich ja wirklich verrückt, dachte Ellie unglücklich. Wie sollte man auch sonst jemanden nennen, der so merkwürdige Visionen hat. Visionen, die fast immer eintrafen.

Schon als kleines Mädchen hatte sie zukünftige Ereignisse vorhersehen können. Zuerst war es noch ganz lustig gewesen.

Sie wusste, was es zum Mittagessen geben würde, noch bevor ihre Großmutter angefangen hatte zu kochen. Und manchmal überraschte sie ihren Großvater damit, dass sie schon einige Minuten vorher in den Wagen geklettert war, bevor er sie fragen konnte, ob sie mit ihm in die Stadt fahren wollte.

Doch als sie „sah“, wie ihr Cockerspaniel Jake von einem Auto angefahren wurde, war es mit dem Spaß vorbei. Zu dieser Zeit war Ellie neun Jahre alt. Sie bat ihre Großeltern, Jake nicht aus dem Haus zu lassen, wenn sie in der Schule war.

Ich darf einfach nicht zulassen, dass diese Vision Wirklichkeit wird, sagte sie sich.

Aber eines Nachmittags gelang es Jake, aus dem Haus zu schlüpfen.

Als Ellie aus dem Schulbus stieg, sah sie ihren Hund

tot am Straßenrand liegen. Er war von einem Auto überfahren worden.

„Ich hasse meine Hellsichtigkeit!“, hatte sie verzweifelt geschrien. „Ich hasse sie! Warum kann ich nicht wie alle anderen sein?“

Aber Ellie war nicht wie alle anderen. Immer, wenn sie begann einen Menschen zu mögen, immer, wenn ihr jemand näher kam, fingen die Visionen wieder an.

Nachdem Tommy Wheaton mit ihr Schluss gemacht hatte, schwor sie sich, dass sie ihre geheimnisvollen Kräfte nie wieder gebrauchen würde. Und vor allem würde sie keinen anderen Menschen mehr an sich heranlassen.

Wuff!

Ein dumpfes Bellen riss Ellie aus ihren düsteren Gedanken. Chaz stand neben ihr und hielt einen Knochen in seinem Maul.

„Was hast du denn da?“, fragte Ellie und setzte sich gerade hin.

Chaz winselte.

Ellie sprang auf die Füße und wischte sich mit beiden Händen den Hintern ihrer Jeans sauber. „Das ist ja ein ganz schön großer Knochen“, sagte sie erstaunt.

Sie beugte sich hinunter und betrachtete ihn genauer. Der Knochen war lang und dünn. Zu lang, als dass er von einem Tier stammen konnte.

Als sie sich langsam wieder aufrichtete, bemerkte sie, wie dunkel es inzwischen geworden war. „Lass uns gehen, Chaz“, drängte sie und spürte ein merkwürdiges Frösteln. „Der Knochen bleibt hier! Lass ihn fallen! Wir müssen jetzt nach Hause.“

Das Laub raschelte unter ihren Füßen, als sie sich in Richtung Fear Street auf den Weg machte. Plötzlich hörte sie ein lautes Bellen und drehte sich um. Chaz hatte den Knochen fallen lassen und rannte durch den kleinen Bach zurück in den Wald.

„Du Dummkopf! Hier geht's lang!", rief Ellie ihm hinterher.

Aber der große Hund verschwand aufgeregt bellend zwischen den Bäumen.

„Chaz! Cha-aaaaz!", brüllte Ellie ungeduldig.

In diesem Moment hörte sie ein merkwürdiges Heulen, das sie vor Schreck zusammenfahren ließ.

Irgendetwas stimmte da nicht!

Laut rufend sprang sie über den kleinen Bach und stürzte sich in das dichte, stachelige Unterholz, das am anderen Ufer wuchs.

Wieder heulte Chaz laut auf.

Ein eiskalter Schauer lief über Ellies Rücken. Sie drängte sich durch eine Gruppe dicht stehender Kiefern und entdeckte Chaz, der auf einem kleinen, von Blättern bedeckten Hügel saß. Am einen Ende des Hügels war eine Menge lockere Erde aufgehäuft – dort hatte der Hund offensichtlich gegraben. Mit erhobenem Kopf stieß er noch einmal das unheimliche Heulen aus.

Dann brach er ab und begann wie ein Wilder zu buddeln. Die Erdklumpen flogen nur so durch die Gegend.

„Verdammt, Chaz! Was ist denn bloß mit dir los?", fragte Ellie entgeistert. So hatte sie ihren Hund noch nie erlebt.

Sie griff nach seinem Halsband und versuchte den großen Labrador wegzuziehen. Aber Chaz schien sie überhaupt nicht zu bemerken und grub mit beiden Vorderpfoten weiter in der feuchten Erde.

„Chaz! Hör sofort auf! Bitte ...!", rief Ellie verzweifelt.

Der Hund hörte abrupt auf und setzte sich auf die Hinterbeine. Er schaute Ellie mit seinen schwarzen Augen an und winselte ungeduldig.

Sie blickte von ihm zu dem neuen Loch, das er gebuddelt hatte. Sie zuckte zusammen. Ihre Finger, die noch immer das Halsband umklammerten, erstarrten.

Irgendetwas schaute aus der Erde heraus.

Ellie kniete sich hin und wischte trockene Blätter und Erdklumpen beiseite.

Sie rang nach Luft, als sie sah, was Chaz ausgegraben hatte.

Kapitel 2

Eine menschliche Hand.

Oder genauer gesagt: das, was von einer menschlichen Hand übrig geblieben war.

Mit einem dumpfen Schrei sprang Ellie auf die Füße.

Du hast dich geirrt, versuchte sie sich selbst zu überzeugen. Und der Knochen, den Chaz angeschleppt hat, ist bestimmt von einem Tier. Du hast garantiert mal wieder eine deiner Visionen oder deine Fantasie spielt dir einen Streich. Es ist schon fast dunkel und außerdem liegt der Friedhof ganz in der Nähe.

Chaz winselte leise. Ellies Blick wanderte zwischen dem Hund und den Knochen hin und her.

Ellie atmete tief ein. Sie beugte sich wieder hinunter und betrachtete noch einmal die Skeletthand. Sie war wirklich da.

Sie hatte es sich nicht eingebildet!

Das bedeutete, dass sie vor einem Grab stand. Irgendjemand war hier in den Wäldern vergraben worden.

Ellie keuchte und taumelte zurück. Ihr Herz raste wie verrückt, als sie sich umwandte und zwischen den Kiefern hindurch davonrannte.

Sie musste raus aus diesem Wald! Weit weg von diesem Etwas, das da in der feuchten, schweren Erde begraben lag.

Zweige peitschten ihr ins Gesicht und sie stolperte über Baumwurzeln, als sie kopflos durch den Wald stürmte. Sie erreichte den kleinen Bach und sprang mit einem großen Satz hinüber.

„Chaz! Komm her!“, rief sie, als ihr plötzlich einfiel, dass sie ihren Hund ganz vergessen hatte. Einen Augenblick später kam er aus dem Gebüsch am Ufer gestürmt und lief neben ihr her.

Sie nahm die Abkürzung über den Friedhof um schneller die Fear Street zu erreichen. Ihr Herz hämmerte und ihr Puls raste. Chaz sprang aufgeregt bellend und mit wedelndem Schwanz um sie herum. Er schien das Ganze für ein großartiges neues Spiel zu halten.

Dummer Hund, dachte sie. Du amüsierst dich bestens, während ich vor Angst fast verrückt werde. Aber wie solltest du auch wissen, dass du nicht irgendwelche Knochen, sondern eine *Hand* ausgegraben hast.

Als sie endlich die Straße erreichte, fuhr gerade ein Wagen vorbei. Ellie sah auf und stellte fest, dass es Patty Jacquets kleiner blauer Geo war. Frank Schuler saß auf dem Beifahrersitz.

„Hey!“, rief Ellie und schwenkte ihre Arme um die beiden auf sich aufmerksam zu machen.

Der Wagen hielt am Straßenrand und Patty kurbelte das Fenster herunter. „Hallo, Ellie. Was ist denn los?“, fragte sie grinsend.

Vom Rücksitz her, wo Joel und Anna eng umschlungen saßen, ertönte ein Kichern.

„Könnt ihr mich zur Polizei fahren?“, fragte Ellie keuchend.

Frank lehnte sich zu ihr herüber. „Zur Polizei? Ist irgendwas passiert?“

„Ich glaube, ich habe eine Leiche gefunden!“, stieß Ellie hervor. Sie öffnete die hintere Tür des Wagens und quetschte sich mit Chaz zu den beiden anderen auf den Rücksitz.

„Eine *was*?“, rief Frank ungläubig und drehte sich auf seinem Sitz um, damit er sie genauer ansehen konnte. Seine blauen Augen waren weit aufgerissen und seine kurzen blonden Haare schienen ihm förmlich zu Berge zu stehen. „Du warst doch bestimmt bloß auf dem Friedhof, oder?"

„Man könnte ja eigentlich erwarten, dass da welche sind", witzelte Anna. Sie hatte sich auf Joels Schoß gesetzt um Platz für Ellie und Chaz zu machen.

„Es ... es stimmt wirklich!", stammelte Ellie atemlos. „Ich habe die Knochen einer Hand gefunden. Sie waren im Wald in der Nähe des Friedhofs vergraben!"

Patty und Anna starrten sie an und schienen zu überlegen, ob sie ihr glauben sollten.

Ellie wurde knallrot. Ihr Herz hämmerte immer noch wie verrückt.

„Wie eklig!", sagte Patty schließlich und strich sich angewidert eine Strähne ihres blonden Haars aus dem Gesicht.

„Vielleicht ist es ja ein altes Grab", meinte Frank nachdenklich.

Ellie verstärkte ihren Griff um Chaz' Halsband. Sie konnte deutlich den Zweifel in seiner Stimme hören. Hätte sie es ihnen bloß nicht erzählt! Sie kannte die vier doch gar nicht. Bestimmt würden sie jetzt denken, dass sie total durchgedreht wäre, genauso wie die Schüler an ihrer alten Schule, als sie von der Sache mit Tommy und Janine erfahren hatten.

„Egal, was es ist, ich werde meine Entdeckung auf jeden Fall der Polizei melden!", sagte Ellie entschieden. „Fahrt ihr mich jetzt hin oder nicht?"

„Ja, natürlich", sagte Patty und lenkte den Wagen wieder auf die Straße. „Es ist ja nicht weit von hier." Sie sah Ellie im Rückspiegel an. „Und du bist ganz sicher, dass du nicht irgendwelche Tierknochen gefunden hast?"

„Nein“, antwortete Ellie und schloss die Augen. „Ich weiß es nicht genau. Mir wäre es auch lieber, ich würde mich irren.“

„Du hast eine Hand gefunden?“, wiederholte Sergeant Frazier und zog seine buschigen Augenbrauen ungläubig zusammen.

„Ja. Es … es sah zumindest aus wie eine menschliche Hand“, antwortete Ellie unsicher und blickte verlegen auf ihre Füße.

Bevor sie die Polizeiwache betreten hatte, hatte sie ein paar Mal tief durchgeatmet, um ein bisschen ruhiger zu werden. Sie wollte nicht, dass die Polizei auch noch glaubte, sie wäre verrückt. „Und vielleicht einen Oberschenkelknochen“, fügte sie hinzu.

Sergeant Frazier starrte sie an und fuhr sich mit der Hand durch das dichte schwarze Haar. „Gehören diese Knochen zusammen?“

„Ich bin nicht sicher“, sagte Ellie. „Chaz hat sie gefunden. Mein Hund. Er fing an zu graben und …“ Ihre Stimme war immer leiser geworden, bis sie schließlich ganz verstummte.

Warum sieht er mich so merkwürdig an? Glaubt er mir etwa auch nicht?, fragte sie sich.

„Okay, wir werden uns darum kümmern“, sagte der Sergeant und zog ein Formular aus der Schreibtischschublade. „Ich brauche deinen Namen und deine Adresse für den Bericht.“

„Ellie Anderson, Raintree Lane 1201.“

„Wo beschäftigt?“

„Ich gehe auf die Oberstufe der Shadyside High-School.“

Er hörte auf zu schreiben und richtete seinen Stift auf

ihr Gesicht. „Und das ist jetzt wirklich kein dummer Spaß? Kein Jux, den ihr euch ausgedacht habt um die Polizei mal ein bisschen hochzunehmen? Ich weiß doch, wie Schüler sind!“

Ellie schüttelte energisch den Kopf. „Nein. Bestimmt nicht!“

Er seufzte leise. „In Ordnung. Ich schicke dich rein zu Lieutenant Wilkins. Aber wenn an deiner Geschichte nichts dran ist, dann sag es mir lieber jetzt. Wilkins hat nämlich nicht das kleinste bisschen Humor!“

Ellie versuchte den Kloß in ihrem Hals hinunterzuschlucken. „Es ist kein Spaß, wirklich nicht. Ich wünschte, es wäre so.“

Als Ellie das kleine Büro betrat, erkannte sie Lieutenant Wilkins sofort wieder. Er war Sarahs Vater. Sie hatte ganz vergessen, dass er Polizist war. Er und Sarah hatten die gleichen großen, braunen Augen und eine dunkle Hautfarbe. Aber sein Haar war schon fast grau und tiefe Falten durchzogen sein Gesicht.

„Du bist doch Ellie, nicht wahr? Sarahs Freundin“, sagte er.

Ellie nickte und setzte sich hin. Chaz ließ sich vor ihren Füßen nieder, legte seinen Kopf auf die Pfoten und schloss die Augen.

Wilkins las sich das Formular durch, das der Sergeant ihm gegeben hatte. „Menschliche Knochen?“, fragte er und heftete seinen Blick auf Ellie.

„Ich glaube, ja“, sagte Ellie. „Zuerst brachte Chaz mir einen langen Knochen und dann rannte er weg. Tiefer in den Wald hinein. Er hat dort in einem Erdhügel herumgebuddelt. Es sah aus wie …“ – ihre Stimme zitterte – „wie ein Grab.“

Wilkins nickte schweigend.

Er glaubt mir, dachte Ellie erleichtert und spürte, wie ihre Muskeln sich entspannten.

Lieutenant Wilkins stand auf. Er war viel größer, als sie ihn in Erinnerung hatte. „Gehen wir mal nachsehen! Wir werden am besten noch einige Polizisten mitnehmen. Inzwischen ist es schon dunkel. Meinst du, du wirst die Stelle wiederfinden?“

„Ich glaube schon“, sagte Ellie unsicher.

Sie folgte ihm auf den Flur. Hoffentlich sind die Knochen noch da, dachte Ellie. Hoffentlich ist da überhaupt irgendetwas!

Als sie den Friedhof erreichten, machte Ellie Chaz von der Leine los. Der Hund trottete ohne zu zögern sofort wieder in den Wald. Ellie lief hinter ihm her, der Lieutenant und die Polizisten folgten ihr. Das Licht ihrer Taschenlampen flackerte über den von Blättern bedeckten Boden.

Ein blasser Mond schimmerte hoch über den Bäumen, die sich im Abendwind wiegten. Die Luft war erfüllt vom schweren Geruch des Herbstes.

Schon nach kurzer Zeit hatte Ellie den Felsen gefunden, wo sie sich zuerst ausgeruht hatte. „Chaz hat mir den langen Knochen hierher gebracht“, sagte sie. Mit der Taschenlampe, die die Polizisten ihr gegeben hatten, drehte sie sich im Kreis und suchte den Boden ab. „Dort ist er!“, rief sie aufgeregt.

Wilkins bückte sich, um ihn genauer zu betrachten. „Das ist kein Tierknochen“, sagte er mit einem grimmigen Unterton in der Stimme. Einem Polizisten, der ihnen neugierig über die Schulter gesehen hatte, rief er zu: „Heben Sie ihn als Beweisstück auf!“

Dann fragte er Ellie: „In welche Richtung müssen wir

jetzt gehen?“, und richtete sich wieder auf. Sein Gesichtsausdruck war sehr ernst.

„Puh …“ Ellie blickte zu dem kleinen Bach hinüber. „Ich glaube, ich habe ihn an dieser Stelle überquert. Aber ich bin nicht ganz sicher, weil hier nirgendwo ein Weg ist.“

„Wir suchen so lange, bis wir es gefunden haben“, sagte Lieutenant Wilkins und lächelte ihr ermutigend zu.

Sie führte die Polizisten die Uferböschung hinunter und über den Bach. Die gleißenden Lichtkegel der Taschenlampen tanzten über die Bäume und schienen sie zu einem unheimlichen Leben zu erwecken.

Ich werde es nie finden, dachte Ellie mutlos und zitterte in der kalten Abendluft.

„Wie lange soll denn das Theater hier noch gehen?“, hörte sie einen der Polizisten unwillig murmeln, nachdem sie einige Minuten herumgestanden hatten.

„Noch sind wir nicht fertig“, brummte Lieutenant Wilkins und hob abwehrend die Hand.

„Vielleicht sollten wir die Taschenlampen ausmachen“, schlug Ellie vor. „Dann könnte ich sicher besser sehen, weil das Licht nicht so blendet.“ Nachdem ihre Augen sich an die Dunkelheit gewöhnt hatten, bückte sie sich und spähte in die Schatten des Gebüschs. Auf einmal sah sie einige geknickte Zweige.

„Dort!“, flüsterte sie. Ihre Kleidung verfing sich in den Dornen, als sie sich durch eine Brombeerhecke zwängte.

Das Kiefernwäldchen! Ellies Herz begann laut zu klopfen.

Während sie langsam weiterging, suchte sie mit den Augen den Boden ab. Wo war die Stelle, an der Chaz gegraben hatte? War der Hügel nicht in der Mitte des

Wäldchens gewesen? Der nadelbedeckte Boden schien völlig unberührt zu sein.

Kein hügeliges, mit Laub bedecktes Grab. Keine Knochen.

Ellie spürte, wie sich ihr Magen zusammenzog. Sie hatte es sich also doch eingebildet! Es war wieder einmal nur eine ihrer Visionen gewesen!

Sie starrte verzweifelt auf ihre Schuhspitzen. Es war ihr peinlich, Sarahs Vater und den anderen Polizisten ins Gesicht zu sehen. Sie konnte ihre skeptischen Blicke regelrecht auf ihrem Rücken spüren.

Was sollte sie ihnen jetzt sagen? „Tut mir Leid, ich muss das mit der Hand wohl geträumt haben." Wenn doch bloß schon alles vorbei wäre!

Ein scharfes Bellen von Chaz zu ihrer Linken ließ sie zusammenfahren. Sie wandte sich um.

Und da – in dem silbernen Mondlicht – sah sie es!

Eine hell schimmernde Skeletthand, die sich aus der Erde erhob, die knochigen Finger zu einer Klaue zusammengekrümmt.

Die Hand schien Elli zu sich zu winken.

Kapitel 3

„Dort drüben!“, schrie Ellie aufgeregt. „Die Hand!“

Stirnrunzelnd warf Lieutenant Wilkins einen Blick in die Richtung, in die sie zeigte. „Wovon redet das Mädchen eigentlich?“, hörte Ellie hinter sich einen der Polizisten flüstern.

Wilkins schüttelte den Kopf. „Ich sehe nichts.“

Ellie blinzelte. Die Hand war verschwunden.

Aber sie hatte sie doch gesehen. Sie hatte sie *wirklich* gesehen!

Mit einem ungläubigen Schrei bahnte sie sich einen Weg durch die herabhängenden Kiefernäste.

Wo zum Teufel war sie geblieben? Wo?

Lieutenant Wilkins ergriff ihren Ellbogen und zog sie zurück. „Ellie, bleib stehen! Was ist denn mit dir?“

Ellie machte sich von ihm los und rannte weiter. „Die Hand …“, murmelte sie.

Sie hatte sie doch gerade noch gesehen. Sie schien ihr zuzuwinken, als ob sie ihr etwas zeigen wollte.

Ellie stolperte über einen großen Stein und fiel auf die Knie.

Als sie wieder aufstehen wollte, fiel ihr Blick auf den niedrigen Hügel.

„Dort ist es!“, schrie sie. „Genau dort drüben!“

Sie führte die Polizisten zu dem mit Blättern bedeckten Hügel. Ihre Taschenlampen schnitten helle Lichtkegel in die Dunkelheit.

Alle starrten stumm auf die Knochen, die in dem gleißenden Licht schimmerten.

Lieutenant Wilkins kniete sich hin um sie genauer zu betrachten.

„Verdammter Mist!", sagte einer der Polizisten. „Es ist wirklich eine Hand."

Er drehte sich zu Ellie um. „Woher wusstest du denn auf einmal, wo du suchen musstest?"

Bevor Ellie antworten konnte, stand Lieutenant Wilkins auf und knurrte: „Jackson, gehen Sie zurück zum Wagen und geben Sie über Funk eine Meldung durch. Sie sollen so schnell wie möglich die Leute vom Erkennungsdienst hierher schicken. Nun machen Sie schon!"

„Ja ... jawohl, Sir!", stotterte der Polizist und stolperte über eine Wurzel, als er hastig losrannte.

Ellie konnte sich nicht bewegen. Sie starrte wie hypnotisiert auf die Skeletthand, die aus der Erde ragte.

„Barnett." Wilkins zeigte auf einen anderen Mann. „Sie sperren das Gebiet hier ab."

„Sofort, Lieutenant!"

„Ellie." Wilkins beugte sich ein wenig herunter, bis er auf ihrer Augenhöhe war. Trotzdem schien sie ihn gar nicht wahrzunehmen. Alles, was sie sah, war die Hand, die auf sie zeigte und sie heranwinkte.

„Ellie!"

Erschrocken sah sie ihn an. „Was?"

„Du solltest jetzt nach Hause gehen. Wir kümmern uns schon um alles Weitere", sagte Lieutenant Wilkins behutsam.

„Nein!" Entschlossen schüttelte sie den Kopf. „Ich muss unbedingt noch sehen ..."

Was sehen? Ellie wusste es selbst nicht genau.

„Wir werden noch für mehrere Stunden damit beschäftigt sein, hier zu graben und die Umgebung abzusuchen", warnte sie Lieutenant Wilkins. „Was ist mit deinen Eltern? Die machen sich doch bestimmt Sorgen darüber, wo du bleibst."

Ellie zögerte. „Ich habe nur noch meinen Vater. Und der kommt heute Abend erst sehr spät von der Arbeit nach Hause.“

Wilkins zuckte mit den Achseln. „Okay. Ich denke, du kannst bleiben, wenn du möchtest. Aber du darfst uns nicht im Weg rumstehen. Dies ist jetzt der Schauplatz eines Verbrechens und wir müssen die kriminaltechnischen Untersuchungen durchführen. Das hier sieht nämlich verdammt nach einem Grab aus.“

Ellie warf einen letzten Blick auf die Skeletthand, bevor sie zurücktrat. Sie lag jetzt ganz still und schmutzverkrustet da. Aber Ellie hatte genau gesehen, wie sie sich bewegt hatte.

Die Hand hatte auf sie gezeigt. Hatte ihr zugewinkt, als ob sie Ellie zu sich rufen wollte, hierher – an diesen dunklen, unheimlichen Ort.

Ein Schauder durchfuhr Ellie. Warum?, fragte sie sich. Warum hat mich die Hand hierher geholt?

„Ellie!“ Sarahs Stimme unterbrach Ellies Gedanken. Sie sah auf. Ihre Freundin stürmte durch das Gebüsch auf sie zu. Sie hatte sich einen Pullover über ihre Kellnerinnenuniform gezogen. Ein Stück hinter ihr standen dicht zusammengedrängt einige Leute, die Ellie aus der Schule kannte.

„Was ist denn hier los?“, fragte Sarah mit vor Neugierde funkelnden Augen.

Officer Barnett hatte mit gelbem Band den Hügel abgesperrt. Lieutenant Wilkins, Officer Jackson und zwei Männer von der Kriminaltechnik hielten sich innerhalb dieses Kreises auf.

Ein Dutzend weiterer grimmig dreinschauender Polizisten war außerhalb der Absperrung beschäftigt. Zwei

Kriminalbeamte in Zivil sprachen hektisch in ihre Funkgeräte.

„Sarah, wie kommst du denn hierher?“, rief Ellie erstaunt. „Was willst du hier?“

„Joel und Anna kamen vorhin ins Café und erzählten allen, dass du eine Leiche im Fear Street Wald entdeckt hast“, erklärte Sarah. „Dann hörten wir kurze Zeit später die Polizeisirenen. Als ich mit der Arbeit fertig war, habe ich bei der Polizeistation angerufen um mit meinem Vater zu sprechen. Man sagte mir, er sei im Wald. Ich habe mir schon fast gedacht, dass ich dich auch hier finden würde.“

Ellie sah hinüber zu Sarahs Vater, der zwei Polizisten Anweisungen gab, die vorsichtig die lockere Erde des Hügels umgruben.

„Bist du okay?“, fragte Sarah besorgt.

Ellie nickte. „Aber halb tot gefroren.“

Tot. Ellie zuckte bei dem Wort zusammen. „Oh Sarah, ich habe die Hand einer Leiche gefunden“, sagte sie mit leiser Stimme.

Sarah legte ihr einen Arm um die Schulter. „Wissen sie schon, wer es ist?“

„Nein. Dein Vater sagt, dass sie wahrscheinlich noch die ganze Nacht brauchen um das Grab freizulegen. Niemand kann sagen, wie lange es dauern wird, bis sie die Leiche identifiziert haben.“

„Vielleicht ist es ja Bambi“, versuchte Sarah zu scherzen. Sogar in dieser Situation muss sie Witze reißen, dachte Ellie ungläubig. Doch dann sah sie, dass ihre Freundin zitterte.

Sarah lachte nervös auf. „Du hast wohl gedacht, ich wäre so was hier gewöhnt, weil ich die Tochter eines Bullen bin. Aber da hast du dich geirrt!“

Die beiden Mädchen blickten zu dem beleuchteten Grab hinüber. Lieutenant Wilkins und einer der Kriminaltechniker waren noch immer darüber gebeugt. Durch die Erde, die sie herausgeschaufelt hatten, war ein weiterer kleiner Hügel entstanden.

Sarahs Vater hob eine Kamera und machte mehrere Fotos vom Tatort. In der plötzlichen Helligkeit des Blitzlichts sah Ellie kurz einen Jungen, der etwas abseits von der Menge stand. Er trug eine Baseballkappe, die er sich tief in die Stirn gezogen hatte. Unter dem Schirm der Mütze hervor warf er Ellie einen glühenden Blick aus seinen dunklen Augen zu.

Sie brauchte einen Augenblick, bis sie ihn schließlich erkannt hatte. Das war doch Brian Tanner! Der Junge aus Almas Café!

Als er merkte, dass sie ihn beobachtete, sah Brian schnell wieder weg.

Ellie stieß Sarah aufgeregt mit dem Ellbogen an. „Sarah“, flüsterte sie. „Da drüben steht der gut aussehende Typ, der vorhin auch im Café war. Was macht der denn bloß hier?“

Sarah zuckte mit den Achseln. „Woher soll ich das wissen? Er ist sofort gegangen, nachdem du so plötzlich zur Tür rausgestürzt bist. Er hatte noch nicht mal seine Cola ausgetrunken.“ Sie kniff die Augen zusammen und sah zu ihm hinüber. „Irgendwie kommt er mir bekannt vor.“

„Vielleicht hast du ihn ja mal auf 'ner Party getroffen“, sagte Ellie. „Übrigens – wo wir gerade von Party sprechen ...“ Sie schaute sich um. Der Wald war bevölkert von sensationslustigen Zuschauern, die herumstanden und miteinander flüsterten. Unter ihnen waren auch Anna und Joel, Frank und Patty und einige andere

Schüler der Shadyside High-School, die Ellie vom Sehen kannte. „Man könnte meinen, hier findet 'ne Stehparty statt – bei den Menschenmassen, die sich inzwischen dahinten drängeln."

„In Shadyside gibt's ja sonst auch nicht viele Möglichkeiten sich zu amüsieren", witzelte Sarah.

„Hör doch mal auf rumzualbern", sagte Ellie genervt und streckte ihre Hand aus um Chaz zu streicheln. Angestrengt blickte sie auf die Menge hinter der Absperrung. Brian Tanner war verschwunden.

Merkwürdig!

Erregtes Murmeln lenkte Ellies Aufmerksamkeit wieder auf das Zentrum des markierten Gebiets. Officer Jackson und ein Kriminaltechniker standen in dem großen Loch, das sie inzwischen gegraben hatten. Beide trugen Gummihandschuhe.

„Wir haben etwas gefunden, Lieutenant!", rief Officer Jackson zu Wilkins hinüber.

Ellie hielt den Atem an. Sarah lehnte sich nach vorne um besser sehen zu können. Die Menge hinter der Absperrung war nach dieser Ankündigung mit einem Mal ganz still geworden.

Einer der Kriminaltechniker hielt einen Plastikbeutel auf und Jackson hob mit einer Metallzange irgendetwas aus dem Loch.

Bevor er das Beweisstück in den Beutel fallen ließ, erhaschte Ellie einen Blick darauf. Es war ein Rechteck aus rotem Stoff.

Sarah schnappte nach Luft und grub ihre Finger schmerzhaft in Ellies Arm.

Officer Wilkins blickte zu seiner Tochter herüber. Ellie sah, dass seine dunklen Augen von Schmerz erfüllt waren.

„Sarah? Was ist denn los?“, fragte Ellie beunruhigt.

Sarah gab ihr keine Antwort. Mit weit geöffneten Augen starrte sie ihren Vater an.

Dann löste sich auf einmal ihr fester Griff und sie fiel zu Boden.

Kapitel 4

„Sarah!“, rief Ellie erschrocken und kniete neben ihrer Freundin nieder.

Sarah war offensichtlich ohnmächtig geworden. Ellie schüttelte sie und rief immer wieder ihren Namen. Keine Antwort. Sarah lag mit bleichem Gesicht und geschlossenen Augen da.

„Lassen Sie mich durch!“, hörte Ellie Lieutenant Wilkins' dröhnende Stimme im Hintergrund. Er drängelte sich durch die Menge und kniete dann neben seiner Tochter nieder.

„Sie … sie ist einfach umgekippt“, stotterte Ellie.

Lieutenant Wilkins winkte mit einem Arm und rief laut: „Hier herüber!“

Wenige Sekunden später kniete Officer Jackson neben Sarah.

„Entschuldige“, sagte er zu Ellie und machte ihr ein Zeichen zurückzutreten.

Ellie stand auf. Chaz winselte und leckte ihre Hand. Sie starrte auf Sarahs leblosen Körper herunter. Was war bloß passiert? Warum war sie so plötzlich zusammengeklappt?

„Sarah ist okay“, versicherte Officer Jackson ihrem Vater. „Ihr Puls ist völlig normal. Sie scheint nur ohnmächtig zu sein.“

Lieutenant Wilkins nickte und atmete erleichtert auf.

In diesem Moment stöhnte Sarah und blinzelte ein paarmal. Dann öffnete sie die Augen und sah Ellie verwirrt an.

„Es ist alles in Ordnung“, sagte ihr Vater mit liebevoller Stimme.

Kurz darauf kam er zu Ellie. Seine dunklen Augen wirkten müde. „Geh nach Hause, Ellie“, sagte er bestimmt. „Sarah geht's schon wieder besser. Ich werde dafür sorgen, dass sich jemand um sie kümmert.“

„Nein! Ich muss unbedingt hier bleiben“, protestierte Ellie.

„Kommt nicht in Frage! Du gehst jetzt sofort nach Hause!“, meinte er freundlich, aber bestimmt. Er legte ihr die Hände auf die Schultern und drehte sie herum. „Es ist schon spät. Dein Vater wird sich Sorgen machen. Cooper!“, bellte er zu einer Polizistin hinüber. „Sagen Sie den anderen Bescheid, dass sie hier Schluss machen sollen, und dann fahren Sie Miss Anderson nach Hause.“

„Warten Sie!“ Ellie griff nach seinem Arm. „Was ist mit Sarah los? Was ist denn auf einmal passiert?“

Wilkins seufzte. „Es ist nichts weiter. Sie ist einfach nur ohnmächtig geworden.“

Ja, das hatte Ellie auch mitbekommen. Aber warum? Sie wollte es unbedingt wissen, aber Lieutenant Wilkins schien es ihr auf keinen Fall sagen zu wollen.

„Lass uns gehen!“, drängte die Polizistin. „Es ist schon ziemlich spät. Deine Eltern machen sich bestimmt Sorgen um dich.“

„Woher wollen Sie das denn wissen?“, sagte Ellie trotzig, während sie ihr die steile Uferböschung hinauf folgte. Hinter ihnen löste sich auch die Menge der Schaulustigen langsam auf. „Ich lebe nur mit meinem Vater zusammen und der ist wahrscheinlich noch nicht mal zu Hause.“

Als sie schon ein Stück entfernt waren, drehte Ellie sich um und warf einen letzten Blick auf den Fundort. Zwischen den Bäumen hindurch konnte sie sehen, wie Sarah sich gerade auf die Füße hochrappelte. Zwei Polizisten standen in ihrer Nähe. Lieutnant Wilkins war wahrscheinlich schon wieder in dem abgesperrten Gebiet und untersuchte das rote Stück Stoff.

Der rote Stoff!

Deswegen war Sarah also umgekippt!

Aber warum?

Was war an einem Fetzen Stoff denn so Schreckliches, dass sie deswegen in Ohnmacht gefallen war?

Nachdenklich drehte Ellie sich um und folgte Officer Cooper zur Straße.

„Ellie! Hey, Ellie!"

Ellie sah von ihrem offenen Spind auf. Frank Schuler lief durch die Halle auf sie zu und drängelte sich so rücksichtslos durch die Menge der Schüler, als wäre er ein Verteidigungsspieler beim Football.

Erstaunt stellte Ellie ihren Rucksack auf dem Fußboden ab. Frank hatte vorher noch nie mehr als zwei Worte mit ihr gewechselt. Was wollte er denn jetzt auf einmal von ihr?

„Das war ja 'ne ganz schön üble Sache gestern Abend", sagte er. Seine merkwürdigen blassblauen Augen glitzerten, als er sie anlächelte. Er trug ein verwaschenes kariertes Hemd über weiten, ausgeblichenen Jeans, die an beiden Knien zerrissen waren. „Jetzt bist du ja richtig sowas wie 'ne Heldin."

Ellie schüttelte den Kopf. „Das finde ich ziemlich übertrieben. Ich fühle mich überhaupt nicht wie eine Heldin." Sie sah ihn misstrauisch an. „Zu Anfang hast du mir ja nicht mal geglaubt, oder?", warf sie ihm vor. „Als ich euer Auto angehalten habe, hast du bestimmt gedacht, dass ich völlig durchgedreht bin. Gib's doch ruhig zu!"

Franks Wangen färbten sich leicht rosa. „Quatsch! Wie kommst du denn darauf?“ Er lehnte sich lässig gegen die Wand, während Ellie die Tür ihres Spinds zuwarf und das Vorhängeschloss zudrückte. „Haben die Bullen eigentlich gesagt, wen man dort verscharrt hat?“, fragte er neugierig.

Ellie schüttelte den Kopf.

„Frank!“, ertönte plötzlich eine Stimme aus der Menge. Patty kam auf sie zu und legte besitzergreifend ihren Arm um Frank. Sie trug ein hellblaues T-Shirt unter einer blauen Weste und dazu schwarze Leggins.

„Hast du sie gefragt?“, wollte Patty von Frank wissen und tat so, als wäre Ellie gar nicht da.

„Ja, aber sie wusste auch nicht mehr.“

Pattys Augen leuchteten auf. Mit einer heftigen Kopfbewegung warf sie ihr langes, blondes Haar zurück. „Dafür habe ich etwas rausgekriegt! Anna hat mir gerade den neuesten Klatsch erzählt. Ist euch aufgefallen, dass Sarah Wilkins heute nicht in der Schule war?“

Frank nickte. „Ja. Normalerweise sitzt sie in Geschichte immer vor mir.“

„Alsoooo …“ Patty zog das Wort endlos in die Länge und genoss es, die beiden noch ein bisschen zappeln zu lassen. Sie zog ihre Weste gerade und schnipste sich einen Fussel vom T-Shirt. Dann lehnte sie sich dicht zu Frank und Ellie hinüber und flüsterte: „Erinnert ihr euch noch an Melinda, Sarahs ältere Schwester?“

„Was?“, rief Ellie aus. „Sarah hat noch eine Schwester?“

„*Hatte* – genauer gesagt“, antwortete Patty mit gesenkter Stimme.

„Sarah hatte eine Schwester“, wiederholte Ellie, unfähig ihre Überraschung zu verbergen.

„Melinda ist vor einiger Zeit von zu Hause abgehauen“, vertraute Patty ihr mit einem unterdrückten Flüstern an. „Und jemand hat mir erzählt, dass sie in der Nacht, als sie verschwand, ein rotes Sweatshirt trug.“

Ellie stöhnte laut auf.

Der rote Stoff! Deswegen war Sarah also in Ohnmacht gefallen. Deswegen hatte Lieutnant Wilkins so traurig ausgesehen.

Aber warum hatte Sarah ihre Schwester nie erwähnt?

Frank und Patty starrten sie erschrocken an. „Bist du okay?“, fragte Patty.

Ellie bückte sich und griff nach ihrem Rucksack. „Mir geht's gut“, log sie. „Ich muss jetzt los, sonst komme ich zu spät in die Klasse.“

Sie verabschiedete sich schnell von den beiden und rannte durch die Halle zu dem Münztelefon an der Eingangstür. Sie musste unbedingt Sarah anrufen!

Ellie hielt mit zitternder Hand den Telefonhörer und wählte ihre Nummer. Niemand hob ab.

Frustriert warf Ellie den Hörer auf die Gabel. Sie starrte auf die Wand der Telefonzelle, während die Gedanken durch ihren Kopf rasten.

Immerhin habe ich jetzt zumindest einen Verdacht, warum die Visionen wiedergekommen sind, dachte sie. Und warum die Hand mich zu dem verborgenen Grab gewinkt hat.

Weil ich mich mit Sarah angefreundet habe.

Die Leiche im Wald musste Melinda sein.

Melinda hat mich benutzt um Sarah zu erreichen!

Nach der Schule raste Ellie zu ihrem Job. Die Bücher in der öffentlichen Bibliothek von Shadyside einzusortieren brachte zwar nicht viel Geld, aber Ellie liebte es über alles, sich dort aufzuhalten. Sie mochte den staubigen

Geruch der alten Wälzer und vor allem mochte sie die Stille.

Ellie hatte gerade ein Buch in die Hand genommen und stand jetzt auf Zehenspitzen vor dem Regal um es in das oberste Bord zurückzustellen. Kühle Luft berührte ihre Haut, weil ihr Pullover dabei ein Stück nach oben gerutscht war.

„Entschuldigung", sagte eine männliche Stimme hinter ihr. „Könnten Sie mir vielleicht helfen ein Buch über primitive Waffen zu finden?"

„Einen Moment bitte", stöhnte Ellie, während sie versuchte das Buch in das überfüllte Regal zu bugsieren.

Noch bevor sie sich umgedreht hatte, war Ellie klar, dass der Typ sie offenbar ungeniert anstarrte. Sein Blick wanderte von oben nach unten über ihren Körper. Verlegen zog sie ihren Pullover herunter und wirbelte herum.

Brian Tanner betrachtete sie mit einem amüsierten Lächeln. Er trug ein ausgeblichenes blaues Hemd und gerade geschnittene Jeans.

„Primitive Waffen? Du meinst Schwerter und Speere und so 'n Kram?", krächzte Ellie. Sie räusperte sich und zeigte den Gang hinunter. „Das muss irgendwo bei den sechshunderter Nummern sein."

„Da hab ich schon geguckt."

„Eigentlich müsste es da stehen. Hast du schon im Computer nachgesehen?"

„Ich hab gedacht, dass ich besser dich frage. Du kennst dich hier doch aus", sagte er und lächelte sie schüchtern an.

Dabei erschienen viele kleine Fältchen rund um seine dunklen Augen, die goldgesprenkelt waren, wie Ellie jetzt bemerkte.

Ellie fühlte, wie ihr Gesicht ganz heiß wurde. Sie konnte einfach nicht anders als zurückzulächeln. Es war unheimlich schwer, Brians umwerfenden Augen zu widerstehen.

„Okay, ich werd mal sehen, ob ich was finde. Aber ich bin wirklich keine Expertin. Ich jobbe hier nur nach der Schule. Nach der *High-School*", fügte sie hinzu, damit Brian gleich wusste, woran er war.

„Ach ja? Ich komme aus Waynesbridge", sagte er, während er ihr den Gang hinunter folgte. „Ich geh da aufs College."

„Oh. Ich wusste gar nicht, dass es in Waynesbridge überhaupt ein College gibt", meinte Ellie. „Mein Vater und ich sind nämlich erst vor kurzem nach Shadyside gezogen."

„Ja, ich weiß."

Ellies Lächeln verschwand.

„Hier müsste das Buch eigentlich stehen", sagte Brian. Er zeigte auf ein Bücherregal zu ihrer Linken.

„Woher weißt du das?"

„Weil sie alle die gleiche Sammelnummer haben", antwortete er.

„Das meine ich nicht", zischte Ellie. „Woher weißt du, dass ich neu in Shadyside bin?"

„Äh… na ja." Für einen Moment flackerte Unsicherheit in seinen Augen auf. „Weil ich dich heute zum ersten Mal hier gesehen habe", sagte er schnell. „Und du siehst aus wie ein Mädchen, das viel Zeit in Büchereien verbringt."

Ellie sah ihn mit hochgezogenen Augenbrauen an. „Sollte das jetzt ein Kompliment sein oder wie darf ich das verstehen? Welche Art von Mädchen treibt sich denn viel in Büchereien herum?"

„Also …“, wieder zögerte er. „Vielleicht Mädchen, die gerne lesen?“

Ellie musste lachen, als sie seinen verlegenen Gesichtsausdruck bemerkte. Brian Tanner war offensichtlich doch nicht so selbstsicher, wie sie gedacht hatte. Das beruhigte sie irgendwie.

Er war nämlich wirklich ein verdammt netter Typ. Und es war schon eine ganze Weile her, dass Ellie sich für einen Jungen interessiert hatte.

Sie drehte sich um und betrachtete die Bücher in den Regalen. Vergiss es!, ermahnte sie sich. Er geht schon aufs College. Alles, was er von dir will, ist ein Buch – und dann wird er wieder aus deinem Leben verschwinden.

„Ich glaube, ich hab gefunden, was du suchst. Hier ist eins mit dem Titel *Primitive Waffen.*“ Ellie griff nach dem Buch und zog es aus dem Regal.

Erschrocken schnappte sie nach Luft.

Ein silberner Dolch erschien in der Lücke, die das Buch hinterlassen hatte.

Hellrotes Blut tropfte von seiner glänzenden Klinge und breitete sich zu einer großen Pfütze auf dem Regal aus. Dann lief es über die Kante und spritzte auf den Fußboden – direkt auf Ellies Füße.

Der Dolch glitt ein Stück vor. Seine blutverschmierte Klinge zeigte jetzt genau auf Ellies Herz.

Kapitel 5

Ellie schrie auf und stolperte zurück. Sie krachte in das Regal hinter ihr und stieß sich schmerzhaft die Schulter. Das Buch, das sie in der Hand gehalten hatte, polterte auf den Fußboden.

„Hey! Was ist denn los?“, fragte Brian besorgt und ergriff ihren Ellbogen.

Ellie atmete heftig. Voller Entsetzen starrte sie auf das Regal.

Es war leer.

Kein Blut, kein glänzender Dolch.

Es musste also wieder eine Vision gewesen sein.

„Entschuldige!“, sagte Ellie leise und merkte, wie sie rot wurde. Brian hielt immer noch ihren Arm. Sanft schob sie ihn weg.

Beruhige dich! Versuch tief zu atmen!, sagte sie sich und schloss die Augen. *Es war nur wieder das zweite Gesicht. Das kriegst du schon in den Griff!*

Sie öffnete die Augen und warf Brian schnell ein beruhigendes Lächeln zu. „Es ist schon alles in Ordnung, glaub mir! Im Regal hat schien sich etwas bewegt zu haben, als ich das Buch herauszog. Wahrscheinlich war es nur eine Maus.“

Brian sah sie eindringlich an. „Das war aber ein ganz schön lauter Schrei für eine kleine Maus“, sagte er skeptisch.

„Danke für das Kompliment! Im Schreien bin ich wirklich unschlagbar“, versuchte Ellie das Ganze mit einem Scherz herunterzuspielen.

Sie bückte sich, hob das Buch auf und drückte es ihm in die Hand. „Na denn, mach’s gut!“, sagte sie und vermied es, ihm dabei in die Augen zu sehen. Dann stürmte sie hastig den Gang hinunter.

Er muss mich nach diesem Auftritt wirklich für eine totale Idiotin halten, dachte Ellie unglücklich.

Warum überkommt mich bloß immer dieses beängstigende Gefühl, wenn ich ihn sehe? Warum habe ich das Bedürfnis vor ihm wegzulaufen, so schnell es geht?

„Ellie, warte doch!“, rief Brian hinter ihr her.

Aber sie drehte sich nicht um und schlüpfte an der Bibliothekarin, die am Ausgabetresen saß, vorbei ins Büro. Als die Tür hinter ihr ins Schloss fiel, atmete sie erleichtert auf. Jetzt war sie in Sicherheit!

Ellie lehnte sich mit dem Rücken gegen die Tür und sah noch einmal den Dolch vor sich. Bei der Erinnerung überlief sie ein Schauder der Furcht. Es ist schon wieder passiert, dachte sie. Geheimnisvolle Kräfte drängen sich in mein Leben. Die Visionen kommen zurück. Aber warum gerade jetzt?

Ist es wegen Brian?

Weil ich mich von ihm angezogen fühle? Angezogen und abgestoßen zugleich.

Nein, das glaube ich einfach nicht, dachte sie. Es muss dieses Buch gewesen sein – *Primitive Waffen.*

Natürlich! Das war der Grund dafür, dass sie den Dolch „gesehen“ hatte. Der Titel des Buchs war der Auslöser!

Ellie merkte, dass sich ihr Körper langsam entspannte. Es kommt alles wieder in Ordnung, beruhigte sie sich. Brian Tanner und sein Buch sind verschwunden und die Visionen werden auch verschwinden.

„Moment mal!“, murmelte sie auf einmal verblüfft. „Irgendwas stimmt hier nicht!“

Als Brian hinter mir herrief, hat er mich Ellie genannt.

Dabei habe ich ihm meinen Namen doch gar nicht gesagt!

Um sechs verließ Ellie die Bücherei und sah zu dem bleigrauen Himmel auf. Sie fröstelte in dem kalten, böigen Wind, der ihr entgegenblies. Er schüttelte die Bäume, die die lange Straße säumten, und ließ ihre Blätter auf den Boden trudeln. Die herausgerissene Seite einer Zeitung schwebte wie ein stummes, graues Gespenst vor Ellies Füße.

Ellie setzte ihren Rucksack auf und zog den Reißverschluss ihres Anoraks zu. Es ist ganz schön weit zu Sarah, dachte sie, während sie die braunen Blätter betrachtete, die vom Wind aufgewirbelt wurden. Aber ich muss unbedingt noch mal nach ihr sehen, bevor ich nach Hause gehe.

Sie stemmte sich gegen den heftigen Wind und machte sich auf den Weg. Den Park Drive hinunter und in Richtung Fear Street. Zwanzig Minuten später kam sie bei Sarah an.

Ellie stand am Bordstein und betrachtete das Haus, das im Dunkeln lag. Hinter den Fenstern war nirgendwo Licht zu sehen. Nicht einmal die Außenbeleuchtung über der Eingangstür war eingeschaltet.

Wo waren Sarah und ihr Vater? Ob sie wohl weggefahren waren?

Ellie rückte ihren Rucksack zurecht und ging durch den abschüssigen Vorgarten auf das graue, schindelgedeckte Haus zu. Sie fragte sich, warum Sarah sie eigentlich noch nie zu sich nach Hause eingeladen hatte. Meistens kam sie zu Ellie oder sie trafen sich im Einkaufszentrum.

„Merkwürdig", murmelte Ellie vor sich hin. Sie waren

wirklich gute Freundinnen, aber es gab offensichtlich einige Dinge, die Sarah für sich behielt.

Zum Beispiel, dass sie eine Schwester hatte. Warum hatte Sarah sie nie erwähnt?, fragte sich Ellie. Wollte sie nicht an Melindas Verschwinden erinnert werden, weil es ihr zu wehtat?

Als Ellie näher kam, bemerkte sie, wie heruntergekommen das Haus war. Von den Stufen, die zur Eingangstür führten, waren einige zerbrochen und die verblasste, schmutzig graue Farbe auf der Vorderfront war an einigen Stellen abgeplatzt.

Sie klingelte und wartete ein paar Sekunden. Nichts rührte sich. Aus dem Inneren des Hauses drang kein Laut.

Vielleicht schläft Sarah ja, dachte Ellie.

Sie ging zurück zum Bürgersteig, drehte sich um und sah zum ersten Stock hinauf. Pinkfarbene Vorhänge rahmten ein Fenster auf der Vorderseite ein, das ein kleines Stück offen stand. Das musste Sarahs Zimmer sein.

Ellie legte die Hände um ihren Mund und rief, so laut sie konnte: „Sarah, bist du zu Hause?"

Sie blickte zu dem dunklen Fenster hinauf und wartete. Dann versuchte sie es noch einmal. „Ich bin's! Ellie! Bist du da, Sarah?"

Immer noch keine Antwort. Offensichtlich war wirklich niemand zu Hause.

Als sie sich abwandte um zu gehen, sah Ellie aus dem Augenwinkel eine Bewegung.

Ein Schatten glitt hinter dem Fenster vorbei und der Vorhang schwang fast unmerklich hin und her.

Hinter dem Vorhang erschien ein Gesicht – ein bleiches, geisterhaftes Gesicht.

„Sarah?“, rief Ellie.

Aber es war nicht Sarah. Als der Vorhang beiseite flatterte, erblickte Ellie eine graue, knöcherne Stirn, leere schwarze Augenhöhlen und ein spöttisches, zahnloses Grinsen. Ein Totenkopf starrte aus dem dunklen Haus auf sie herunter.

Kapitel 6

„Oaaaaah!“ Ellie stieß einen entsetzten Schrei aus und schloss die Augen.

Als sie sie wieder öffnete, war der Totenkopf verschwunden.

Sie blinzelte heftig mit ihren Augen und starrte weiter zu den flatternden Vorhängen in dem dunklen Fenster hinauf.

War das etwa wieder eine Vision gewesen?

Es musste so sein, sagte sie sich.

Aber warum? Was hatte das nur zu bedeuten? War Sarah vielleicht doch dort oben?

Obwohl ihr Herz vor Angst laut klopfte, lief Ellie noch einmal zurück und hämmerte mit beiden Fäusten gegen die Tür. Dann presste sie ihren Finger auf den Klingelknopf. Sie konnte das durchdringende Schrillen im Inneren des Hauses hören.

„Sarah! Sarah! Wenn du da bist, mach doch bitte auf!“, rief sie laut.

Aber nichts geschah.

Ellie gab es auf und drehte sich um. Sarah war offensichtlich wirklich nicht zu Hause.

Sie war sich sicher, dass sie sich den grinsenden Totenkopf nicht eingebildet hatte. War er eine Botschaft des zweiten Gesichts? Ein Symbol des Todes? Aber um wessen Tod ging es?

Plötzlich fiel Ellie Almas Café ein, wo Sarah nach der Schule immer jobbte. Wahrscheinlich ist sie dort, dachte Ellie erleichtert. Ja, natürlich! Warum war sie eigentlich nicht gleich darauf gekommen? Auch wenn Sarah nicht in der Schule aufgetaucht war, ihren Job würde sie auf keinen Fall schwänzen. Dazu brauchte sie das Geld viel zu nötig.

Ellie schob die Hände in die Taschen ihres Anoraks und ging die Straße hinunter. Sie musste gegen den Wind ankämpfen, der inzwischen noch stärker geworden war. Ich schau noch mal kurz bei Almas Café vorbei, beschloss sie. Dad kommt heute bestimmt wieder nicht zum Abendessen nach Hause. Und ich muss unbedingt wissen, ob mit Sarah alles in Ordnung ist.

Sie war gerade drei oder vier Blocks weit gegangen, als plötzlich ein schwarzer Jeep neben ihr herfuhr. Ellie lief schneller. Sie kannte niemanden, der so einen Wagen hatte.

Nach ein paar Metern hielt der Jeep neben ihr an. Die Scheibe auf der Beifahrerseite wurde heruntergekurbelt und ein Gesicht erschien. „Hallo, Ellie! Ich bin's. Der Typ aus der Bücherei."

Ellie drehte sich um und entdeckte in dem Wagen Brian, der sich über den Beifahrersitz gelehnt hatte und durch das offene Fenster zu ihr hochblickte. „Ich hab dich doch hoffentlich nicht erschreckt?", fragte er sie lächelnd.

„Wie kommst du denn darauf?", log Ellie.

„Steig ein", sagte Brian. „Wo willst du denn hin?"

„Zu Almas Café. Aber ich fahre nicht mit Fremden", sagte sie schnippisch.

„Okay. Ich mach dir einen Vorschlag. Ich bringe dich zum Café und auf dem Weg dorthin werde ich mich vorstellen. Dann bin ich kein Fremder mehr für dich. Was hältst du davon?" Brian sah sie eindringlich an. Das Licht der Straßenbeleuchtung spiegelte sich in seinen dunklen Augen.

„*Meinen* Namen kennst du ja schon", schnaubte Ellie.

„Und dabei habe ich mich dir noch nicht mal vorgestellt.“

„Oh.“ Verlegen rieb er sich die Wange. „Ich kann dir das erklären. Als ich in der Bücherei war, habe ich gehört, wie die Bibliothekarin deinen Namen rief.“

Ellie sah ihn mit zusammengekniffenen Augen an. „Das ist ja interessant! Dabei sagt sie doch immer Miss Anderson zu mir – und nicht Ellie.“

„Okay. Okay. Ich geb’s ja zu. Ich habe gelogen. Deine Freundin im Café hat mir deinen Namen verraten.“

„Und warum erzählst du mir dann solche Märchen?“, bohrte Ellie nach.

Brian lachte und wurde ein bisschen rot. Er war wirklich süß!

„Na los, nun steig schon ein!“, drängte er.

Aber irgendetwas hielt Ellie zurück.

Sie zeigte in Richtung des Cafés. „Es ist nicht mehr weit. Das kleine Stück kann ich auch laufen. Trotzdem vielen Dank.“ Bevor er noch etwas sagen konnte, hatte sie sich schon umgedreht und war gegangen.

Der Jeep fuhr mit quietschenden Reifen an. Brian hupte dreimal kurz und verschwand dann schnell um die Ecke.

Kurz darauf stürmte Ellie durch die Tür von Almas Café. Das vertraute Klingeln der Türglocke und die Wärme, die ihr entgegenschlug, beruhigten sie ein bisschen. Sie blieb erst einmal stehen um wieder zu Atem zu kommen.

Warum hast du das gemacht?, fragte sie sich.

Erst heute Nachmittag war sie vor Brian geflüchtet, als ob er ein Monster wäre. Und jetzt schon wieder. War es, weil er sie angelogen hatte? Oder hatte sie Angst, dass die schrecklichen Bilder wiederkommen würden?

Ellie schüttelte nachdenklich den Kopf. Sie war sich selbst nicht sicher.

Sie ließ ihren Rucksack auf den Boden fallen und setzte sich auf einen Barhocker am hinteren Ende des Tresens. Das Café war fast leer. Ein weißhaariges Pärchen saß in einer Nische und nippte an seinem Kaffee. Ein stämmiger Mann in einem speckigen Overall lümmelte sich vorne am Tresen und schaufelte eine riesige Portion Bohnen und Würstchen in sich hinein.

Aber wo war Sarah?

Ellie verrenkte sich den Hals um durch die Durchreiche in die Küche schauen zu können. Das Brutzeln von Fleisch auf dem Grill verriet ihr, dass dort drinnen jemand sein musste.

Kurz darauf flogen die Schwingtüren zur Küche auf und Ernie Marks, der Besitzer und Koch von Almas Café, stürmte herein. Ernie war ungefähr vierzig, fast kahl und seine Brillengläser waren so dick wie Glasbausteine. „Der beste Hamburger in ganz Shadyside“, trompetete er und knallte den Teller vor dem Mann im Overall auf den Tresen. „Wie waren die Bohnen und Würstchen?“

„Lausig, wie sonst auch“, lachte der Mann. „Deswegen komme ich ja auch immer wieder.“

Die beiden flachsten noch ein bisschen herum und dann kam Ernie zu Ellie herüber. „Gut, dass ich dich treffe“, sagte er. „Du weißt nicht zufällig, wo deine Freundin ist?“

Ellie fummelte nervös an einem Serviettenhalter herum. „Das wollte ich Sie eigentlich fragen.“

„Ich hab sie seit gestern nicht gesehen“, meinte Ernie stirnrunzelnd und wischte sich die Hände an seiner fleckigen Schürze ab. „Sie hat nicht mal angerufen.“

„Das sieht Sarah aber gar nicht ähnlich.“

Ernie seufzte. „Du sagst es. Sie hat noch kein einziges Mal gefehlt, seitdem sie hier arbeitet."

Ellie blickte vor sich auf den Tresen und bemerkte erst jetzt, dass sie ganz in Gedanken eine Serviette völlig zerfetzt hatte. Sie schob die Stücke ordentlich zu einem kleinen Haufen zusammen. „Haben Sie eigentlich gehört, was letzte Nacht passiert ist? Man hat eine Leiche im Wald gefunden."

„Ja, natürlich", sagte er und rieb sich seinen kahlen Kopf.

„Man sagt, es ist vielleicht Sarahs Schwester." Ellie hatte ihre Stimme zu einem Flüstern gesenkt. „Sie haben doch vor zwei Jahren schon hier gelebt, nicht wahr? Haben Sie damals irgendetwas über Melinda gehört? Warum sie verschwunden ist oder so?"

Ernie schüttelte nachdenklich den Kopf. „Ich weiß nur das, was auch in der Zeitung stand."

„Ernie, bring mir doch noch was von diesem Schlamm, den du Kaffee nennst!", rief der Mann im Overall und hielt seine Tasse hoch.

„Ich komme sofort!", rief Ernie und holte die Kaffeekanne.

Ellie lehnte sich über den Tresen und ließ ihr Gesicht auf die Arme sinken.

„Entschuldigung, ist hier noch frei?", sagte eine Stimme neben ihr.

Erschrocken fuhr sie herum. Brian Tanner stand hinter dem Hocker neben ihr.

„Tut mir Leid, der ist für die Königin von England reserviert", grinste Ellie.

Brian lachte und setzte sich ungezwungen auf den Barhocker. Er sieht ziemlich sportlich aus, stellte Ellie fest. „Ich stehe auch bestimmt auf, wenn die Queen kommt“, versprach Brian. „Na, was hast du bestellt?“, wollte er dann von ihr wissen

„Was machst du eigentlich hier? Bist du zum Abendessen hergekommen?“, fragte Ellie und strich ihre Haare zurück.

„Das Gleiche könnte ich dich auch fragen“, feuerte er zurück.

„Nein.“ Ellie schüttelte ihren Kopf. „Ich muss nach Hause. Chaz wartet auf mich.“

„Dein Hund.“

„Woher weißt du das denn jetzt schon wieder?“, fragte sie verblüfft.

Er hob verteidigend seine Hände. „Ich hab wirklich nur geraten. Du hattest doch letzte Nacht einen Hund dabei, oder etwa nicht?“

Ellie entspannte sich wieder. „Stimmt.“ Sie sah ihn von der Seite an. „Was hattest du um diese Zeit da eigentlich zu suchen?“

„Das Gleiche wie alle anderen auch. Mal sehen, was los ist, und ein bisschen billigen Nervenkitzel.“ Er stützte sein Kinn in die rechte Handfläche und sah sie direkt an. „Ich habe gehört, dass du die Leiche gefunden hast.“

Ein Schauder durchfuhr Ellie. „Ja, aber ich möchte nicht darüber sprechen. Es macht mich immer noch völlig fertig. Solltest du also zufällig der Reporter eurer Collegezeitung sein, verschwendest du nur deine Zeit.“

Er schüttelte den Kopf. „Wie kommst du denn bloß auf die Idee?“

Ellie drehte sich zu ihm hin und sah ihm fest in die Augen. „Und warum hängst du dann die ganze Zeit in Shadyside herum? Wohnst du etwa hier?“

„Nein. Ich lebe bei meinen Großeltern in Waynesbridge. Übrigens, was ich dich schon die ganze Zeit fragen wollte – wo ist eigentlich Alma?", wechselte Brian das Thema.

„Hier gibt's niemanden, der so heißt. Ich glaube, das ist der Name von Ernies Katze", sagte Ellie.

Brian lachte. „Und wie sind Almas Hamburger? Ist da vielleicht Katzenfutter drin?"

„Schon möglich", antwortete Ellie und konnte sich ein Lächeln nicht verkneifen. In diesem Moment knurrte ihr Magen unüberhörbar. Verlegen presste sie die Hand darauf.

„Ich würde sagen, wir sollten zwei bestellen", sagte Brian lächelnd.

Eine halbe Stunde später sah Ellie auf die Uhr. Sie hatte sich so gut mit Brian unterhalten, dass sie gar nicht auf die Zeit geachtet hatte.

„Mist! Es ist schon nach sieben. Mein Vater wird bestimmt ausrasten!", sagte Ellie erschrocken.

„Ruf ihn doch am besten an", schlug Brian vor. „Du kannst ihm ja sagen, dass ich dich in einer Viertelstunde nach Hause bringe."

Ellie zögerte. Das Klingeln der Türglocke unterbrach ihre Gedanken. Sie drehte sich um und sah, dass Lieutenant Wilkins hereingekommen war.

„Lieutenant Wilkins!", rief Ellie und glitt von ihrem Hocker. „Ich habe schon den ganzen Tag versucht Sarah zu erreichen. Ist alles in Ordnung mit ihr?"

Der Polizist starrte sie abwesend an, als ob er sie für einen Moment nicht erkannt hätte. Dann nickte er. „Ihr geht's gut. Sie ist für ein paar Tage zu ihrer Tante gefahren. Ich bin vorbeigekommen um Ernie Bescheid zu sagen."

„Dann ist es ja gut. Ich hatte mir nämlich schon Sorgen gemacht." Ellie knabberte auf ihrer Lippe herum. Sie brannte darauf, Lieutenant Wilkins nach der Leiche zu fragen, aber er war schon weitergegangen. Sie sah, dass er sich über den Tresen lehnte und mit Ernie sprach.

Ellie schob die Hände in die hinteren Taschen ihrer Jeans und drehte sich um. Zu ihrer Überraschung war Brians Hocker leer.

Mit offenem Mund stand sie da. Wo war Brian? War er aufs Klo gegangen?

Lieutenant Wilkins nickte ihr zu, als er das Café verließ.

„Bitte grüßen Sie Sarah von mir!", rief Ellie ihm hinterher. Sie nahm den letzten Schluck von ihrer Selter und beobachtete die Tür zur Herrentoilette.

„Wie sieht's denn mit Nachtisch aus?", fragte Ernie, als er ihre leeren Teller abräumte. „Ich hab einen wunderbaren Bananenkuchen, der noch gar nicht so alt ist."

„Nein, danke." Ellie schüttelte lächelnd den Kopf. „Brian muss mich gleich nach Hause fahren."

„Brian?" Ernie hörte auf mit den Tellern zu klappern. „Der Junge, der neben dir saß?"

Ellie nickte.

Ernie zeigte mit dem Kopf zur Tür. „Der ist doch eben gegangen."

„Gegangen?!"

„Ja, als du mit Lieutenant Wilkins gesprochen hast. Er hat das Geld auf den Tresen geworfen und ist wie ein geölter Blitz verschwunden."

Ellie ging nach Hause. Ihr Vater saß im Wohnzimmer in seinem abgenutzten Sessel und las die Zeitung. „Hi, Dad", sagte sie und küsste ihn zur Begrüßung auf die Stirn. „Tut mir Leid, dass ich so spät dran bin. Hast du schon zu Abend gegessen?"

Er grummelte eine undeutliche Antwort und schien völlig in seine Zeitung vertieft zu sein.

Ellie blickte ihm über die Schulter und fuhr zusammen, als sie die Überschrift las: UNBEKANNTE LEICHE IM FEAR STREET WALD GEFUNDEN.

Letzte Nacht war sie schon im Bett gewesen, als ihr Vater nach Hause kam. Sie hatte noch gar nicht die Gelegenheit gehabt ihm zu erzählen, was gestern passiert war.

Normalerweise vermied sie das Thema auch lieber. Ihr Vater hasste es, wenn sie ihm von ihren Visionen erzählte. Er warf Ellie dann immer vor, dass sie sich das alles nur einbilden würde. Das zweite Gesicht hielt er für absoluten Quatsch.

Aber sie hatte keine Wahl. Sie musste ihm die ganze Geschichte erzählen. „Ich war es, die die Leiche gefunden hat", begann sie widerstrebend.

Ihr Vater ließ die Zeitung sinken. „Du? Was zum Teufel hattest du im Wald zu suchen?"

„Ich war mit Chaz spazieren. Eigentlich war er es, der sie gefunden hat."

Ihr Vater starrte sie geschockt an. Ellie bemerkte, dass er dunkle Ringe unter den Augen hatte. Er sah auf einmal ganz alt und müde aus. „Du weißt doch genau, was ich davon halte, wenn du dich nach Einbruch der Dunkelheit im Wald rumtreibst. Wie oft habe ich dir gesagt ..."

„Ja, Dad, ich weiß", unterbrach ihn Ellie. Sie ging zur Couch hinüber und setzte sich hin. „Aber es war noch gar nicht dunkel, als ich mit Chaz spazieren gegangen bin. Es ist nur so spät geworden, weil ich der Polizei das Grab zeigen musste."

Die Augen ihres Vaters leuchteten ärgerlich auf. „Halt

dich gefälligst von der Polizei fern, junge Dame! Mit ihren Angelegenheiten hast du nicht das Geringste zu tun", knurrte er.

„Dad!" Ellie war erschrocken, dass ihr Vater so wütend reagierte. „Hast du mir nicht zugehört? Ich habe die Leiche gefunden! Wie kannst du da erwarten, dass ich mich aus den polizeilichen Untersuchungen raushalte?"

„Weil ich dein Vater bin und es so will!"

„Weil du es so willst", äffte Ellie ihn nach. „Das ist doch kein Grund! Du erzählst mir ständig, dass ich dieses und jenes nicht darf, aber du sagst mir nie, warum!", rief sie empört.

„Das muss ich auch nicht!", brüllte er völlig außer sich.

„Musst du wohl!", protestierte Ellie. „Ich bin immerhin schon sechzehn und kein kleines Kind mehr." Sie warf ihrem Vater einen kalten Blick zu. „Davon mal abgesehen sind deine komischen Regeln sowieso total hirnrissig!"

Ihr Vater sah sie mit einem merkwürdigen Gesichtsausdruck an, den Ellie nicht deuten konnte. Dann sackten seine Schultern nach unten. Er ließ die Zeitung auf den Boden fallen und seufzte tief. „Ich kann dich ja verstehen", sagte er. „Aber bitte halt dich von der Polizei fern. Ich möchte nicht, dass du so endest wie deine Mutter."

„Meine Mutter? Was hat Mom denn damit zu tun?", fragte Ellie entgeistert.

Er zögerte lange und räusperte sich mehrmals. Dann sagte er mit erstickter Stimme: „Deine Mutter ist nicht im Krankenhaus gestorben, wie ich es dir erzählt habe. Sie wurde umgebracht."

„Umgebracht?" Ellie schnappte nach Luft. Sie hatte das Gefühl, als hätte ihr jemand einen heftigen Schlag versetzt. „Was redest du denn da? Mom ist an Blinddarmentzündung gestorben."

„Oh, Ellie." Ihr Vater stand auf und setzte sich zu ihr auf die Couch. „Du warst erst zwei Jahre alt, als es passierte. Ich wollte dich nicht anlügen – und deine Großeltern auch nicht –, aber wie hätten wir es dir denn erklären sollen?"

Er schüttelte traurig seinen Kopf. „Später, als du alt genug warst um es zu verstehen, wusste ich einfach nicht, wie ich es dir sagen sollte. Außerdem wollte ich auch nicht mehr darüber sprechen." Seine Stimme brach. „Es war einfach zu schmerzlich."

Ellie schossen die Tränen in die Augen. Sie konnte es einfach nicht glauben. All diese Jahre hatte sie mit einer riesigen Lüge gelebt. „Wie ist es passiert, Dad? Wer hat sie umgebracht?", fragte sie mit rauer Stimme.

Ihr Vater sah sie nicht an. „Damals ist ein kleines Mädchen verschwunden. Später stellte sich heraus, dass es getötet worden war. Irgendein Verrückter, den man niemals aus dem Gefängnis hätte entlassen dürfen, ist es gewesen. Und später hat genau dieser Mann deine Mutter umgebracht."

„Aber warum?", drängte Ellie ihren Vater. Sie musste die Wahrheit wissen, auch wenn sie sah, wie sehr es ihn quälte, darüber zu sprechen.

„Ich weiß es doch nicht! Glaubst du etwa, ich hätte mir diese Frage nicht wieder und wieder gestellt?", schluchzte er.

Ellie spürte, wie ihr ein eiskalter Schauder den Rücken herunterlief. Sie fühlte sich völlig betäubt.

Ihre Mutter war umgebracht worden!

Ihr Magen rebellierte. Mit wackligen Beinen stand sie auf.

Irgendwie schaffte sie es, die Treppe hochzukommen und ins Badezimmer zu stolpern, bevor sie sich übergeben musste.

Einige Minuten später klopfte ihr Vater an die Tür. „Ellie, ist alles in Ordnung?"

„Ja", krächzte sie. „Nein, ich meine ..." Sie brach in Tränen aus.

„Es tut mir so Leid", rief ihr Vater durch die Tür. „Ich hätte es dir nicht erzählen sollen."

„Ich wollte es doch wissen, Dad", antwortete sie mit schwacher Stimme. „Mir geht's gut. Wirklich. Ich werde jetzt erst mal unter die Dusche gehen."

„Bist du sicher, dass alles okay ist?"

„Ja, ganz bestimmt."

Ellie hörte, wie er langsam die Stufen hinunterging.

Dunkle, beängstigende Gedanken dröhnten in Ellies Kopf. Obwohl sie sich immer noch sterbenselend fühlte, zwang sie sich sie zu vertreiben. Sie zog sich aus und drehte die Dusche an. Dann stellte sie sich unter den glühend heißen Wasserstrahl.

Ellie schloss die Augen und versuchte sich die wenigen Erinnerungen ins Gedächtnis zu rufen, die sie an ihre Mutter hatte. Sie wusste noch, dass ihre Mom langes blondes Haar und grüne Augen gehabt hatte. Und sie erinnerte sich an ihre sanfte Stimme, die wie kleine Glöckchen klang, wenn sie lachte.

Ellie und ihr Vater hatten ein gutes Verhältnis. Aber ihr ganzes Leben lang hatte Ellie das Gefühl gehabt, dass ihr irgendetwas fehlte. So, als ob da ein großes Loch in ihr wäre.

Warum hatte jemand ihre Mutter getötet?

Warum nur?

Ellie hob ihren Kopf und ließ sich das heiße Wasser

über das Gesicht laufen. Langsam fühlte sie sich ein bisschen besser.

Mit einem tiefen Seufzer öffnete sie die Augen – und erstarrte.

Über dem Duschkopf hob sich ein glänzender Dolch von den weißen Fliesen ab.

Mit einem lauten Aufschrei taumelte Ellie zurück.

Der silberne Knauf des großen Messers schimmerte in der feuchten Luft. Blut tropfte von der Schneide und spritzte auf ihre Füße.

Sie sah nach unten. Die ganze Dusche war mit Blut gefüllt. Es reichte ihr schon bis über die Knöchel.

Als sich der Dolch auf sie richtete, hob Ellie abwehrend ihre Arme und schrie: „Neiiiiiin!"

Sie versuchte sich wegzuducken und rutschte aus.

Fiel in den See aus Blut.

Ihr Kopf schlug hart gegen die gekachelte Wand. Das Blut spritzte auf die weißen Fliesen.

Das heiße Wasser lief immer noch über ihren Körper.

Verzweifelt schnappte sie nach Luft und versuchte in der rutschigen Dusche auf die Füße zu kommen.

Und dann hörte sie den Schrei.

Einen entsetzlichen Hilfeschrei, der wie ein Echo von den blutverschmierten Wänden der Dusche zurückgeworfen wurde.

Ellie erstarrte mitten in der Bewegung und lauschte dem schauerlichen Geräusch.

Dann erkannte sie die Stimme ihrer Mutter!

Kapitel 7

„Mom!“, heulte Ellie auf. „Mom – ich kann dich hören!“

Sie versuchte angestrengt über das Rauschen der Dusche hinweg noch etwas anderes zu verstehen, aber die Schreie waren abrupt abgebrochen.

„Nein, Mom! Geh nicht weg! Verlass mich nicht!“, stöhnte Ellie.

Plötzlich ertönte eine andere Stimme. Die Stimme ihres Vaters, der aus dem Flur zu ihr heraufrief. „Ellie! Ist alles in Ordnung mit dir?“

Ellie zitterte am ganzen Körper und brachte keinen Ton heraus. Langsam hob sie ihren Kopf und blickte auf die Dusche, aus der noch immer das heiße Wasser strömte.

Der schimmernde Dolch war verschwunden.

Und auch das Blut. Die Fliesen und die Duschwanne waren wieder so weiß wie zuvor.

Was für eine entsetzliche Vision!

Ihre Beine fühlten sich an wie Gummi. Vorsichtig richtete sie sich auf, griff nach dem Duschknopf und drehte das Wasser ab.

Mom? Bist du noch hier?, dachte Ellie verzweifelt. Ich habe dich gehört, Mom! Ich habe deine Schreie gehört! Bitte verlass mich nicht!

„Ellie – so sag doch was! Bist du okay?“ Die besorgte Stimme ihres Vaters durchbrach ihre Gedanken.

Sie holte tief Luft. „Alles in Ordnung, Dad!“, stieß sie hervor. „Ich hatte dich nicht gehört, weil die Dusche lief.“

„Da ist ein Anruf für dich“, rief er durch die Badezimmertür. „Ein Brian Sowieso …“

Was? Brian Tanner! Warum rief der denn bei ihr an?

„Sag ihm bitte, ich wäre schon ins Bett gegangen."

„Bist du sicher?"

„Ja, absolut", sagte sie entschieden.

Ellie kletterte immer noch zitternd aus der Dusche und trocknete sich ab. Sie zog ihren alten Frotteebademantel an und schaute in den beschlagenen Spiegel. Aus ihrem bleichen Gesicht blickten ihr ihre Augen merkwürdig leer und abwesend entgegen.

Warum hatte sie ausgerechnet heute zum ersten Mal die Stimme ihrer Mutter gehört?, fragte sich Ellie und starrte angestrengt in den Spiegel, so als ob sie dort eine Antwort finden würde.

Und warum hatte sie schon wieder den silbernen Dolch gesehen, von dem das Blut tropfte?

Hatte es etwas mit Brian Tanner zu tun?

Mit der Leiche im Wald? Oder mit ihrer Mutter?

Sie musste es unbedingt herausfinden!

Ellie zog den Gürtel ihres Bademantels fester und ging nach unten. Ihr Vater saß am Küchentisch und umklammerte mit beiden Händen eine Kaffeetasse. Ellie sah sofort, dass seine Augen gerötet waren.

Sie blieb zögernd in der Türöffnung stehen. „Dad?"

Er drehte schnell sein Gesicht weg, weil er sich seiner Tränen schämte.

„Dad, wie ist Mutter gestorben?", fragte Ellie leise und setzte sich auf den Stuhl ihm gegenüber.

Er schüttelte den Kopf. „Ich kann heute noch nicht darüber sprechen, Ellie. Es ist jetzt vierzehn Jahre her, aber ich habe immer noch das Gefühl, als wäre es gestern gewesen. Es tut mir Leid."

Ellie drückte liebevoll seine Hand. Auch ihr stiegen die Tränen in die Augen. Sollte sie ihm erzählen, was sie gerade unter der Dusche erlebt hatte? Dass sie die Stimme ihrer Mutter gehört hatte?

Nein! Sie hasste ihre Visionen. Sie weigerte sich einfach daran zu glauben.

„Es tut mir wirklich Leid, aber ich bin einfach nicht in der Lage dir mehr zu sagen“, wiederholte er und wich ihrem Blick aus.

„Ist schon in Ordnung“, sagte Ellie leise.

Ich werde die Wahrheit auch allein herausfinden, schwor sie sich.

Sarah kam auch am nächsten Tag nicht zur Schule. Ellie war nicht überrascht, aber sie wünschte, Sarah hätte wenigstens angerufen. Sie wollte unbedingt mit ihr sprechen.

Ellie verbrachte die Unterrichtsstunden wie in einem dichten Nebel. Sie konnte einfach nicht aufhören an ihre Mutter zu denken. Nach Schulschluss rannte sie den ganzen Weg zur Bücherei.

„Guten Tag, Miss Anderson“, wurde sie von der Bibliothekarin begrüßt. „Heute gibt es eine Menge für Sie zu tun.“

„Prima.“ Ellie nickte knapp. „Aber zuerst müsste ich noch mal eben was für ein Schulprojekt nachsehen. Es dauert nur ein paar Minuten.“

Ohne auf die Zustimmung der Bibliothekarin zu warten, ging Ellie zum Raum mit den Nachschlagewerken, wo das Lesegerät für die Mikrofilme stand.

Mrs. Anderson war gestorben, als Ellie gerade zwei Jahre alt war. Das war jetzt vierzehn Jahre her.

Aber in welchem Monat war es geschehen?

Ellie schloss die Augen und versuchte sich zu erinnern, was ihr Vater ihr erzählt hatte.

Plötzlich spürte Ellie kühle, frische Luft und der Geruch von regendurchtränkter Erde stieg ihr in die Nase. Sie versuchte sich zu entspannen und die Vision aufsteigen zu lassen.

Sie „sah“ mit gelben, roten und orangefarbenen Blättern gesprenkelte Bäume, die sich im Wind wiegten. Ihre Mutter war also im Herbst getötet worden.

Ellie zog die Schublade auf, die mit „September – Dezember“ beschriftet war, und holte mehrere Filmrollen heraus. Sie legte die erste Rolle in das Lesegerät ein, schaltete es an und stellte das Bild ein.

Die Titelseite des *Shadyside Beacon* vom 1. Oktober erschien auf dem Bildschirm.

Ein Mord hätte bestimmt groß auf der Titelseite gestanden, dachte Ellie und ließ die Rolle durchlaufen.

Da war es! Am 18. Oktober.

FRAU BRUTAL ÜBERFALLEN UND ERSTOCHEN.

Erstochen?

Erstochen mit einem silbernen Dolch?

Ellie spürte einen großen Kloß im Hals. Ihr Mund war wie ausgetrocknet. Ihre Schläfen pochten, als sie die Augen zusammenkniff, um den klein gedruckten Text zu lesen:

Bei einem brutalen Überfall in der Fear Street gestern am frühen Morgen wurde Mrs. Louise Anderson durch Messerstiche schwer verletzt.

Die Polizei, die von einem vorbeifahrenden Autofahrer alarmiert wurde, war innerhalb kürzester Zeit vor Ort. Aber Mrs. Anderson war bereits tot.

In der Nähe des Tatorts wurde Mrs. Andersons zweijährige Tochter gefunden. Sie saß in ihrem Kinderwagen und weinte, war aber unverletzt. Es gab keine weiteren Zeugen.

Voller Entsetzen löste Ellie ihren Blick von dem Schirm und ließ sich auf den Stuhl zurückfallen. Sie konnte den Rest des Artikels nicht mehr lesen. Tränen füllten ihre Augen und kullerten ihr dann die Wangen hinunter.

Das Baby war ich!

Ich war dort!

Habe ich etwa gesehen, wie meine Mutter ermordet wurde?

Ohne etwas wahrzunehmen starrte Ellie auf den Schirm des Lesegeräts. Die Worte verschwammen vor ihren Augen.

Plötzlich wurden die verschwommenen Zeichen durch ein unscharfes Bild ersetzt.

Ein klarer Herbsttag. Eine Frau auf dem Bürgersteig.

Ihre Mutter!

Mrs. Anderson schrie und hob beide Hände um ihr Gesicht zu schützen.

Ellie schlug sich die Hand vor den Mund. Dämpfte den Schrei, der zwischen ihren eigenen Lippen hervordrang.

„Mom! Mom! Neiiiiiiin!"

Für den Bruchteil einer Sekunde traf der erschrockene Blick ihrer Mutter den ihren. „Ich liebe dich", murmelte sie fast unhörbar. Dann sah Ellie, wie sie langsam auf den Bürgersteig sank.

Kapitel 8

Ellie zitterte heftig und schluchzte leise vor sich hin. Kein Wunder, dass ihr Vater nicht über den Mord sprechen wollte. Ellie wusste, dass der entsetzte Gesichtsausdruck ihrer Mutter sie für den Rest ihres Lebens verfolgen würde.

Eine Zeile des Zeitungsartikels kreiste wieder und wieder in ihrem Kopf. *Es gab keine weiteren Zeugen.*

Außer ihrer zweijährigen Tochter, dachte Ellie.

Außer mir!

Unsicher griff Ellie nach dem Knopf des Lesegeräts und ließ die Seiten bis zur nächsten Ausgabe der Zeitung durchlaufen. MUTMASSLICHER MÖRDER GEFASST!, lautete die Schlagzeile.

Sie las den Artikel mit tränenverhangenem Blick. Der Mann stammte aus Shadyside. In seinem Haus wurde blutverschmierte Kleidung gefunden und das Messer in einer Mülltonne ganz in der Nähe des Tatorts. Eine Menge Beweisstücke also, aber die Polizei konnte kein Motiv finden.

„Miss Anderson!" Die Bibliothekarin steckte ihren Kopf durch die Tür. Als sie sah, dass Ellie immer noch am Lesegerät saß, runzelte sie missmutig die Stirn. „Wir haben jede Menge Bücher, die einsortiert werden müssen."

„Ich komme schon!" Ellie wischte sich die feuchten Wangen ab, holte den Film aus dem Gerät und schaltete es ab.

Als sie die Filmrollen zurück in die Schublade legte, wurde ihr klar, dass sie zumindest auf eine Frage eine Antwort gefunden hatte: Nämlich, warum ihr der Dolch immer wieder erschienen war. Ihr Umzug nach Shadyside und der Fund dieses geheimnisvollen Grabs im Wald mussten alte Erinnerungen geweckt haben.

Furchtbare Erinnerungen, die sie vierzehn Jahre lang verdrängt hatte.

Ellie presste ihren Daumen auf die Klingel der Wilkins' und ließ ihn dort.

Na komm schon, drängte sie in Gedanken. Ich weiß, dass du da drinnen bist, Sarah.

Sie hatte von der Bücherei aus angerufen. Jemand hatte den Hörer abgehoben, einen Augenblick gelauscht und dann wieder aufgelegt.

Lieutenant Wilkins hatte Ellie zwar erzählt, dass Sarah bei ihrer Tante war, aber aus irgendeinem Grund wurde sie das Gefühl nicht los, dass ihre Freundin Shadyside noch nicht verlassen hatte.

Frustriert hämmerte sie gegen die Tür. „Sarah? Ich bin's doch, Ellie!"

Sie rüttelte heftig am Türdrücker und zu ihrer Überraschung bewegte er sich.

Ellie hielt den Atem an, als sie die Tür aufstieß. Sie schaute vorsichtig in den dunklen Flur.

„Sarah?", rief sie leise.

Im Flur roch es staubig und nach abgestandener Luft.

Ellie trat zögernd ins Haus. Eine drückende Stille hüllte sie ein.

„Sarah?", rief sie noch einmal, nachdem ihre Augen sich an die Dunkelheit gewöhnt hatten.

Ellie spitzte die Ohren, aber im ganzen Haus herrschte Totenstille.

Langsam stieg sie die Treppe hinauf. Die Stufen knarrten bei jedem Schritt und ihre Füße wirbelten Staubteilchen auf. Als sie oben angekommen war, blieb sie einen Moment stehen.

Sie war zum ersten Mal in diesem Haus und kannte sich hier nicht aus.

Ellie ging vorsichtig auf das Zimmer zu ihrer Linken zu. Die Tür stand halb offen. „Sarah? Bist du da drinnen?“, rief sie.

Stille.

Ellie holte einmal tief Luft und drückte dann die Tür ganz auf. Sie lehnte sich an den Türrahmen und warf einen Blick in das dämmrige Zimmer.

„Sarah? Oh, nein!“, schrie Ellie auf, als sie die unbewegliche Gestalt auf dem Bett ausgestreckt sah.

Kapitel 9

Ellie klammerte sich ganz fest an den Türrahmen um zu verhindern, dass ihre Knie einknickten. In dem schwachen Licht konnte sie Sarahs schwarzen Haarschopf erkennen.

Sie lag auf dem Bauch und ihre Arme hingen leblos an den Seiten herab.

„Sarah? Sarah?“ Ellie wiederholte immer wieder ihren Namen.

Langsam kam Leben in die ausgestreckte Gestalt. Sarah hob ihren Kopf, wischte sich einige Haarsträhnen aus dem Gesicht und blickte zu Ellie hoch.

„Du bist es?“, murmelte sie mit dumpfer Stimme.

Ellie kniete sich neben dem Bett nieder. „Gott sei Dank!“, seufzte sie erleichtert. „Ich … ich dachte …“

„Wie bist du denn reingekommen?“, fragte Sarah verwirrt und setzte sich auf.

„Was ist denn nur los mit dir?“, fragte Ellie besorgt und ignorierte ihre Frage.

Sarah stöhnte leise auf. Sie griff sich einen Teddy, der neben ihr auf dem Bett lag, und hielt ihn ganz fest.

Ellie bemerkte, dass ihre Freundin immer noch dieselben Sachen trug wie in der Nacht, als die Polizei das Grab geöffnet hatte.

Das Bettlaken und die Decke lagen zerknüllt auf dem Fußboden. Als Ellie sich umblickte, sah sie, dass keine Bilder oder Poster an den Wänden hingen. Das Zimmer war völlig spartanisch eingerichtet.

„Sarah, ich hab mir solche Sorgen um dich gemacht“, sagte Ellie. „Dein Vater hat mir gesagt, dass du bei deiner Tante bist, aber …“

Sarah schnaubte spöttisch. „Ich habe keine Tante", sagte sie in scharfem Ton. Sie presste den Teddy noch fester an sich und drehte sich zur Wand.

Ellie saß zögernd auf der Bettkante neben ihrer Freundin. „Was geht hier eigentlich vor? Sag's mir doch, damit ich dir helfen kann."

„Du kannst mir nicht helfen. Aber ich werde dir erzählen, was los ist. Das ‚Ding' in dem Grab, das du gefunden hast, ist meine Schwester." Ein Schluchzer stieg aus ihrer Kehle auf. Ellie legte tröstend ihre Hand auf Sarahs zitternde Schulter.

Es stimmte also!

„Seitdem ist mein Vater gar nicht mehr wieder zu erkennen. Ich habe seit der Nacht, wo sie sie gefunden haben, noch nicht mit ihm gesprochen. Er kommt nach Hause, isst und geht wieder. Er erzählt mir kein einziges Wort. Dabei war sie doch meine Schwester!"

Schluchzer schüttelten Sarahs schmale Schultern. Sie verbarg ihr tränennasses Gesicht im Fell des Teddys.

„Oh, Sarah", flüsterte Ellie, während sie ihrer Freundin tröstend über das Haar strich.

Einige Minuten vergingen. Sarahs Schultern hatten aufgehört zu zucken, aber keines der Mädchen sagte ein Wort.

Eine gespannte, schwer erträgliche Stille hing im Raum.

Nach einer ganzen Weile entspannte sich Sarahs Körper und ihr fester Griff, mit dem sie den Teddy umklammert hielt, löste sich.

Ellie merkte, dass ihre Freundin eingeschlafen war. Sie hob die Decke vom Boden auf und deckte Sarah damit zu. Dann ging sie auf Zehenspitzen aus dem Zimmer.

Arme Sarah, dachte sie. Es ist so schrecklich! Wenn ich ihr doch nur helfen könnte!

Ich sollte sie eigentlich nicht allein lassen. Aber was mache ich, wenn ihr Vater nach Hause kommt und mich hier findet? Wahrscheinlich wird er sich fürchterlich aufregen.

Vielleicht sollte ich später noch einmal anrufen und Sarah einladen zu uns nach Hause zu kommen.

Als sie auf dem Flur stand, fiel ihr eine offene Tür gegenüber von Sarahs Zimmer auf. Sie wusste sofort, dass das Melindas Zimmer sein musste. Neugier überkam sie.

Sie stieß die Tür auf und sah sich erstaunt um. An jeder Wand hingen Bilder. Auf dem Bett lag eine geblümte Überdecke und darauf waren mehrere Kissen mit Spitzenborte verteilt. Kamm, Bürste, Parfüm und Make-up waren ordentlich auf der Glasplatte einer kleinen Frisierkommode aufgereiht.

Der ganze Raum war so makellos sauber, als würde Melinda immer noch hier leben und jeden Augenblick zur Tür hereinkommen.

Ein gerahmtes Foto auf dem Nachttisch zog Ellies Blick magisch an. Sie hob es hoch und betrachtete es genauer. Es war ein Schulfoto.

Das lächelnde Gesicht darauf ähnelte Sarah sehr, davon abgesehen, dass Melinda blaue Augen hatte. Das lange, schwarze Haar hing ihr bis auf die Schultern.

Wie ist sie gestorben?, fragte sich Ellie.

Wer hatte sie in dem dunklen, einsamen Grab in den Wäldern verscharrt?

Warum hatte Melinda versucht sie zu erreichen? Warum wollte sie nach all der Zeit ausgerechnet jetzt gefunden werden?

Ellie betrachtet eindringlich das Foto und suchte nach irgendwelchen Hinweisen. Das schöne Mädchen, das ihr entgegenblickte, wirkte sympathisch. Sie war wahrscheinlich sehr beliebt gewesen und sicherlich auch eine gute Schülerin.

Kaum zu glauben, dass sie jetzt tot war.

Auf einmal begann sich das Foto vor Ellies Augen zu verändern. Melindas Lächeln verblasste. Ihre roten Lippen zitterten.

Ellie blinzelte.

Was war das? Spielte ihr ihre Fantasie einen Streich?

Melindas Mund öffnete sich. Ihre glänzenden Augen wurden groß vor Entsetzen.

Sie starrte Ellie an und schrie.

Ein furchtbarer, stummer Schrei!

Das Foto glitt Ellie aus der Hand. Der Glasrahmen zersplitterte auf dem Fußboden.

Ellie drehte sich um und rannte weg.

Sie stürzte die Treppe hinunter und sprang über die letzten zwei Stufen. Sie stolperte und krachte unsanft gegen die Eingangstür.

Mit einem unterdrückten Aufschrei griff sie nach dem Knauf und riss die Tür auf. Kalte Luft wehte ihr ins Gesicht.

Ellie rannte wie von Furien gehetzt die Straße hinunter – so schnell, wie sie noch nie in ihrem ganzen Leben gerannt war.

Zuerst fiel ihr gar nicht auf, dass jemand hinter ihr war. Das Hämmern ihrer eigenen Schritte verdrängte jedes andere Geräusch.

Als sie merkte, dass sie verfolgt wurde, war es bereits zu spät.

Ellie drehte sich während des Laufens um, um zu

sehen, wer es war, und stolperte über einen herabgefallenen Ast. Sie verlor das Gleichgewicht und stürzte bäuchlings auf den Bürgersteig.

Ein schwerer Körper fiel auf sie und presste ihr die Luft aus den Lungen.

Keuchend kämpfte sie sich auf den Rücken und blickte in ein bekanntes Gesicht.

„Du!“, sagte sie mit einem erstickten Flüstern.

Kapitel 10

„Wen hattest du denn erwartet?“, fragte Brian Tanner und rappelte sich auf. Er wischte sich Schmutz und trockenes Laub von seiner schwarzen Jeans.

„Ich … ich … tut mir Leid“, stammelte Ellie. Ja – wen hatte sie eigentlich erwartet? „Ich glaube, ich bin wohl in Panik geraten“, gab sie zu. „Normalerweise bin ich es nicht gewohnt, durch dunkle Straßen gejagt zu werden.“

Brian befühlte vorsichtig seine aufgerissene Lippe. „Hast du denn nicht gehört, dass ich dich gerufen habe?“, fragte er.

„Warum läufst du mir überhaupt hinterher?“, blaffte Ellie und setzte sich auf. Die Rippen taten ihr weh und ihr rechtes Knie pochte schmerzhaft. „Bist du vielleicht mein Leibwächter?“

Er seufzte. „Wäre ich ja gerne. Aber nach dem, was gestern Abend passiert ist, kann ich es verstehen, wenn du vor mir wegläufst …“ Seine Stimme verlor sich.

„Weil du mich im Café sitzen gelassen hast? Vergiss es!“ Ellie versuchte cool zu klingen.

Er zuckte verlegen mit den Schultern. „Es ist etwas dazwischengekommen. Tut mir echt Leid!“ Er zog ein rotes Taschentuch aus seiner Hosentasche und presste es auf seine aufgerissene Lippe. „Warum bist du denn eigentlich weggelaufen?“, wollte er wissen.

Ellie zögerte, weil sie nicht wusste, was sie sagen sollte. Egal, was sie ihm auch erzählte, es würde irgendwie merkwürdig klingen.

Sie lehnte sich vor und schlang ihre Arme um die Knie. Sie war so verletzt und wütend gewesen, als Brian sie im Café sitzen gelassen hatte. Aber obwohl es erst gestern gewesen war, schien es ihr schon weit zurückzuliegen.

Sie sah zu ihm auf. „Wenn ich es dir erzähle, denkst du bestimmt, ich bin verrückt."

„Versuch's doch einfach mal." Brian setzte sich neben sie auf den Bürgersteig. Er zog ein Blatt aus ihrem Haar und schnippte es weg. „Na komm! Red schon!"

Sie atmete tief ein. „Ich bin aus dem Haus der Wilkins' weggerannt. Ich bin dort gewesen, um mit Sarah zu sprechen."

Er nickte. „Ich habe vorhin bei dir zu Hause angerufen. Als niemand abnahm, hab ich mir schon gedacht, dass du bestimmt unterwegs bist um nach Sarah zu sehen. *Deswegen* bin ich dir gefolgt."

Er rückte dichter an sie heran und suchte ihren Blick. „Also, was ist denn nun bei ihr passiert? Irgendwas Schlimmes?"

„Sarah war allein zu Hause. Sie lag in ihrem dunklen Zimmer und schien völlig fertig zu sein. Sie erzählte mir, dass die Leiche im Wald ihre Schwester ist, und hat sich fürchterlich aufgeregt."

Während sie sprach, rupfte Ellie abwesend ganze Büschel Gras aus dem Rasen neben dem Bürgersteig. „Ich wusste nicht, was ich sagen sollte, und hab einfach nur neben ihr gesessen. Sie schien ganz erschöpft zu sein und total kaputt. Irgendwann ist sie dann eingeschlafen. Ich war ganz allein im Haus und ..." Sie schauderte. „Ich glaub, irgendwie muss wohl meine Fantasie mit mir durchgegangen sein."

Brian sah sie nachdenklich und mit einem merkwürdigen Ausdruck in den Augen an.

„So, und jetzt bin ich dran mit Fragenstellen", sagte Ellie schnell. „Warum hast du nach mir gesucht?"

Er berührte seine Lippe. Das Bluten hatte aufgehört. „Um mich zu entschuldigen. Wegen gestern Abend."

„Okay, ich höre."

Er senkte den Blick und zupfte nervös an seinem Daumennagel herum. „Es tut mir wirklich Leid, dass ich einfach so rausgestürzt bin. Aber ... als der Polizist reinkam, fiel mir siedend heiß wieder ein, dass ich meinen Jeep im Halteverbot geparkt hatte. Ich hatte Angst, dass er mir einen Strafzettel verpassen würde. Und noch mehr Strafzettel kann ich mir echt nicht leisten. Also rannte ich raus um den Wagen umzuparken. Als ich zurückkam, warst du schon weg."

„*Noch mehr* Strafzettel?", fragte Ellie.

Er grinste verlegen. „Na ja, ich hab in letzter Zeit schon einige andere kassiert."

„Hmmm." Ellie wusste nicht, ob sie ihm die Geschichte abnehmen sollte. Aber sie merkte, dass sie ihn trotzdem sehr nett fand. Sie spürte plötzlich das Bedürfnis sich nach vorne zu beugen und ihn zu küssen.

„Ich hab dich angerufen um dir alles zu erklären, aber du wolltest ja nicht mit mir sprechen. Warst du sehr sauer?", fragte er mit leiser Stimme.

„Ich denke, ich bin inzwischen darüber hinweg", scherzte Ellie.

„Na bestens", sagte Brian erleichtert und streckte die Hand aus um ihr hochzuhelfen. Sie ließ sich von ihm auf die Füße ziehen und klopfte ihre Jeans ab.

„Und was jetzt?", fragte sie und blickte die dunkle Straße hinunter.

„Jetzt machen wir was Nettes zusammen. Vielleicht ins Kino gehen oder so."

Ellie lächelte. Er hat mich wirklich eingeladen, dachte sie. Eigentlich hätte sie total glücklich sein müssen, aber irgendetwas hielt sie zurück. Ein komisches Gefühl, das sie sich selber nicht so genau erklären konnte.

„Ich glaube, ich kann nicht, Brian", hörte sie sich sagen.

„Und warum nicht?", fragte er und verschränkte die Arme vor der Brust. „Nenn mir einen guten Grund."

„Ich ... ich kann dir nicht mal einen schlechten Grund nennen. Es ist nur ... die letzten Tage waren so schrecklich", stotterte sie und biss sich auf die Unterlippe.

„Ist es, weil du die Leiche im Wald gefunden hast, oder geht es um etwas ganz anderes? Hat es vielleicht mit deinem früheren Freund zu tun?"

Ellie sog scharf die Luft ein und starrte ihn entgeistert an. „Was willst du damit sagen?", rief sie. Er konnte doch unmöglich über Tommy Wheaton Bescheid wissen!

Brian zuckte mit den Achseln. „Ach, nichts", murmelte er. „War nur so 'ne Idee."

„Nein. Das glaube ich dir nicht", beharrte Ellie. „Warum hast du das über meinen früheren Freund gesagt?" Sie sah ihn fest an und zwang ihn zu antworten.

Brian wurde rot. „Ich ... also ... ich hab gedacht, weil du so zurückhaltend gegenüber Jungen bist, hat dich bestimmt mal jemand sehr verletzt. Das ist alles."

Wenn es doch bloß so einfach wäre, dachte sie traurig.

Brian legte eine Hand auf ihre Schulter. „Bitte sag nicht nein!", drängte er. „Morgen ist doch Samstag, nicht wahr? Wahrscheinlich wird es wieder richtig schönes Wetter. Vielleicht ist es ja sogar der letzte warme Tag in diesem Herbst. Lass uns ein Picknick am Fear Lake machen. Nur du und ich."

Sie öffnete ihren Mund um abzulehnen – und schloss ihn wieder.

Ein Picknick würde bestimmt Spaß machen und sie

konnte ein bisschen Abwechslung gut gebrauchen. Vielleicht würde es sie von den schrecklichen Dingen, die sie über ihre Mutter erfahren hatte, ablenken. Und es würde ihr helfen nicht ständig an Sarah und deren tote Schwester zu denken.

„Fährst du gerne Kanu?", fragte Brian.

Sie nickte und war immer noch unentschlossen.

„Ich glaube, die Kanu-Vermietung ist noch geöffnet. Wir könnten uns eins ausleihen und nach Fear Island paddeln."

Fear Island war eine kleine Insel mitten im See, der versteckt im Wald lag. Im Sommer kamen die Leute aus Shadyside in Scharen dorthin um Picknicks zu veranstalten. Aber an einem Nachmittag im Spätherbst würden sie dort wahrscheinlich keine Menschenseele treffen.

„Chaz kann ja als Anstandswauwau mitkommen", schlug Brian grinsend vor.

Ellie grinste zurück. Sie konnte einfach nicht widerstehen. Eine Verabredung mit einem netten Typen und endlich mal wieder Spaß haben. Außerdem würde ja Chaz dabei sein um sie zu beschützen.

Was sollte da schon schief gehen?, fragte sie sich.

Kapitel 11

Am Samstagmorgen aß Ellie ihr Müsli, während sie die Morgennachrichten auf dem kleinen tragbaren Fernseher, der in der Küche stand, verfolgte. Chaz lag zu ihren Füßen und knabberte zufrieden an einem Knochen herum. Die Morgensonne strömte in die kleine Küche. Es war der hellste und gemütlichste Raum im ganzen Haus.

Der Wetterbericht versprach einen warmen und sonnigen Herbsttag. Dann erschien noch einmal der Nachrichtensprecher auf dem Bildschirm.

Ellies Herz klopfte bis zum Hals, als er sagte: „Wir kommen jetzt noch einmal zu unserer wichtigsten Meldung – der Entdeckung einer Frauenleiche in Shadyside."

Ellie sprang vom Stuhl auf und drehte den Ton lauter. Das Bild wechselte. Sie erkannte die Polizeistation von Shadyside. Eine zierliche Frau stand auf den Eingangsstufen. Sie hielt ein Mikro in der Hand und deutete auf die Eingangstür hinter sich.

„Vor zwei Jahren veränderte sich das Leben von Shadysides bekanntestem Kriminalbeamten auf tragische Weise", begann die Reporterin. „Die siebzehnjährige Tochter von Lieutenant Wilkins verschwand spurlos. Jetzt hat die Polizei die Leiche, die vor zwei Tagen im Wald von Shadyside gefunden wurde, eindeutig als Melinda Wilkins identifiziert."

Das Schulfoto von Melinda wurde eingeblendet.

Das Bild wechselte zum Friedhof von Shadyside und dann schwenkte die Kamera auf den Wald, wo Ellie das Grab gefunden hatte.

Ellie hatte sich wieder hingesetzt und ihren Löffel in

die Hand genommen. Aber sie starrte so gebannt auf den Fernseher, dass sie völlig vergaß zu essen.

Wieder erschien die Reporterin auf dem Bildschirm. Hinter ihr kamen gerade Lieutenant Wilkins und ein Mann in einem schwarzen Anzug aus der Eingangstür der Polizeistation.

Die Reporterin stürmte die Treppen hinauf und hielt Sarahs Vater das Mikro vors Gesicht. „Lieutenant Wilkins!“, rief sie. „Vor zwei Jahren, als Ihre Tochter verschwand, wurde sie als vermisst gemeldet. Stimmt das?“

Lieutenant Wilkins nickte kurz, während er weiter die Stufen hinuntersprang. Die Reporterin musste neben ihm herlaufen um auf gleicher Höhe zu bleiben. „Schon damals hatten Sie vermutet, dass an der ganzen Sache irgendetwas nicht stimmt. Warum wurde Ihrem Verdacht nicht nachgegangen?“

Wilkins blieb stehen und fuhr sich mit der linken Hand durchs Haar. Seine Stimme klang sehr müde und angespannt. „Wir konnten damals nicht beweisen, dass irgendetwas an der Geschichte faul war. Außerdem hatten die Freundinnen meiner Tochter zu Protokoll gegeben, dass Melinda plante mit ihrem Freund wegzulaufen. Deswegen wurde sie als vermisst gemeldet.“

„Wurde dieser Freund jemals gefunden und befragt?“

„Nein. Er verschwand am selben Tag. Alle Versuche ihn aufzuspüren waren vergeblich. Es ist nicht auszuschließen, dass auch er ermordet wurde. Und jetzt entschuldigen Sie mich bitte!“

Lieutenant Wilkins drehte sich um und hetzte den Bürgersteig entlang. Die Reporterin lief hinter ihm her und rief: „Lieutenant, wie wurde Ihre Tochter getötet?“

Wilkins sprang in einen wartenden Polizeiwagen und knallte die Beifahrertür hinter sich zu. Die Reporterin wandte sich wieder der Kamera zu. „Dies war ein Exklusivinterview mit Lieutenant Wilkins, dem Vater des getöteten Mädchens. Die Polizei ermittelt jetzt in einem Mordfall. Sie hat die Suche nach Melindas Freund wieder aufgenommen. Sein Name ist Brett Hawkins. Aus zuverlässiger Quelle haben wir erfahren, dass die neueste Computertechnologie eingesetzt wird um ihn aufzuspüren. Jeder, der irgendwelche Hinweise über den Verbleib von Brett Hawkins geben kann, wird gebeten sich umgehend bei der Polizei zu melden."

Sie suchen nach ihrem Freund.

Brett Hawkins.

Lieutenant Wilkins' erschöpftes Gesicht verriet, dass er rund um die Uhr arbeitete um Melindas Mörder zu finden. Ellie hoffte, dass er sich wenigstens ein bisschen um Sarah kümmerte. Sie war ganz offensichtlich nicht in der Verfassung um die ganze Zeit allein zu bleiben.

Ellie griff nach dem Telefon und wählte Sarahs Nummer. Sie ließ es zehnmal klingeln, aber niemand ging an den Apparat.

Ellie seufzte frustriert auf.

Sie hatte es gestern Abend schon mehrmals probiert. Und sie hatte versucht Lieutenant Wilkins auf der Arbeit zu erreichen. Warum ging Sarah nicht ans Telefon und warum rief der Lieutenant sie nicht zurück? Wollte er, dass Ellie glaubte, Sarah sei noch bei ihrer Tante?

Ellie schaute auf die Uhr über dem Herd. Es war schon nach neun. Brian wollte sie um zehn Uhr abholen. Sie würde es nicht schaffen, bis dahin noch einmal zu Sarah hinüberzulaufen.

Ellie fröstelte. Das Foto von Melinda schoss ihr plötzlich durch den Kopf.

Weil ich das zweite Gesicht habe, hat Melinda mich

bestimmt benutzt um mich zu ihrem Grab zu führen, dachte Ellie grimmig. Aber was hatte das merkwürdige Erlebnis mit dem Foto auf dem Nachttisch zu bedeuten? Versuchte Melinda ihr noch etwas ganz anderes mitzuteilen?

Dann kam ihr plötzlich ein erschreckender Gedanke. Die knöcherne, winkende Hand, der blutverschmierte Dolch – waren sie als Warnung gedacht?

Waren ihre Visionen zurückgekommen, weil *sie* in Gefahr war?

Ellie versuchte die düsteren Gedanken abzuschütteln.

„Heute werden wir uns mal so richtig amüsieren!", sagte sie zu Chaz. Und der wedelte mit dem Schwanz, als ob er sie genau verstanden hätte.

„Bist du nervös?", fragte Brian und sah Ellie an. Er stellte den Motor ab und zog den Zündschlüssel heraus.

„Wie kommst du denn darauf?", fragte Ellie hastig.

Er deutete mit dem Kopf auf ihre Finger, mit denen sie auf ihrem Oberschenkel herumtrommelte. „Wenn du so weitermachst, hast du gleich ein Loch in deiner Jeans."

„Oh." Ellie ließ ihre Hand sinken und wurde rot. „Entschuldige."

Ellie stieg aus, öffnete die hintere Tür des Jeeps und ließ Chaz heraus. Der große Hund sprang so schnell vom Rücksitz, dass er sie beinahe umgeworfen hätte.

Der Fear Street Wald war ein einziges Farbenmeer. Gelbe und rote Blätter hoben sich schimmernd gegen den strahlend blauen Himmel ab. Die Vögel zwitscherten, als ob es Frühling wäre.

Ellie atmete tief ein. Die Luft war klar und erfüllt vom Duft nach Kiefern. „Was für ein wunderbarer Tag!", rief sie begeistert, als sie auf einem schmalen Pfad durch den Wald gingen.

Durch die Bäume konnte man schon den See sehen, der wie Kristall glitzerte. Am Ufer stand die Hütte der Bootsvermietung, neben der die Kanus aufgestapelt waren.

„Ich werde uns erst mal ein Kanu besorgen", sagte Brian und stellte den Picknickkorb ab.

„Gute Idee", meinte Ellie und sah ihm hinterher, wie er zu den Kanus hinüberlief.

Brian hatte Recht gehabt. Sie war wirklich nervös. Dabei hatte sie sich so auf den Ausflug gefreut. Aber irgendetwas hielt sie davon ab, sich zu entspannen und den Tag zu genießen.

Ellie fiel auf, wie gut Brian in seinen Klamotten aussah. Er trug heute ein blaues Flanellhemd über einem weißen T-Shirt und hatte sich eine rot-blaue Baseballkappe über seine kastanienbraunen Haare gestülpt.

Und er hatte offensichtlich ein Festessen mitgebracht. Aus dem Korb drang der köstliche Duft nach gebratenem Hähnchen.

Wenn sie doch bloß diese Unruhe loswerden könnte, die sie immer überkam, wenn sie mit Brian zusammen war. Das Gefühl, dass sie ihm am liebsten so weit wie möglich aus dem Weg gehen würde.

„Ich hab eins!", rief Brian von der Bootsvermietung herüber und winkte ihr zu. Dann kam er zurückgelaufen und trug zwei Paddel und zwei Schwimmwesten unter dem Arm.

„Und wo ist die Schwimmweste für Chaz?", fragte Ellie todernst.

„Kann er denn nicht schwimmen?", fragte Brian verdattert.

Ellie prustete los. „Ich hab doch nur Spaß gemacht", kicherte sie.

„Hey. Du hast ja ein wunderbares Lachen", sagte Brian und grinste zurück. „Schade, dass ich es bis jetzt noch nie gehört habe."

„Freut mich, dass es dir gefällt", sagte Ellie verlegen.

„Außerdem mag ich es, wenn du einen Pferdeschwanz trägst", fuhr Brian fort. „Damit siehst du aus wie … wie …"

„Wie ein Pferd?", fragte Ellie trocken.

Brian lachte. „Nein, das wollte ich natürlich nicht sagen. Mir fehlt einfach der richtige Vergleich." Er sah sie nachdenklich an. „Du bist ganz anders als die anderen Mädchen, mit denen ich mich bis jetzt getroffen habe."

„Ach ja?" Ellies Herz klopfte. Sie hatte eigentlich keine große Lust, mehr über die anderen Mädchen in seinem Leben zu erfahren. Sie beobachtete Chaz, der vor ihnen herlief und an Baumwurzeln und Blätterhaufen herumschnüffelte.

Brian wurde auf einmal ganz ernst. „Ja, wirklich. Du bist viel ruhiger. Die meisten Mädchen denken, sie müssen die ganze Zeit quasseln."

„Danke", sagte Ellie und verdrehte die Augen. Das war ja ein tolles Kompliment!

Sie folgten dem Pfad durch den Wald bis zu einem kleinen Steg, der in den See hineinragte. Mehrere Kanus dümpelten auf dem tiefblauen Wasser.

Außer ihnen war kein Mensch weit und breit zu sehen, stellte Ellie fest. Sie beschattete ihre Augen mit der Hand und suchte das ganze Ufer ab. Sie entdeckte nur einen einsamen Angler auf dem See, der einen schimmernden Fisch aus dem Wasser zog.

Ellie drehte sich um und merkte, dass Brian direkt hinter ihr stand und sie eindringlich ansah. Er ließ Paddel und Schwimmwesten fallen und beugte sich zu ihr. Dann küsste er sie sanft auf den Mund. Seine Lippen berührten sie nur ganz zart.

Ellie schloss die Augen. Brian war wirklich ihr Traumtyp.

Warum konnte sie sich bloß nicht in ihn verlieben?

Als sie Chaz laut bellen hörte, riss sie die Augen auf.

Brian lächelte sie an. „Na, bist du soweit dir anzugucken, wie ich mich beim Paddeln blamiere?"

Sie wechselten sich beim Paddeln ab. Das Kanu glitt leicht über die spiegelglatte Oberfläche des Sees.

Nach einer Weile tauchte Fear Island vor ihnen auf. Ellie steuerte das Kanu in eine versteckte Bucht mit einem kleinen Sandstrand. An einigen Stellen waren alte Feuerstellen und verkohltes Holz zu sehen. Offensichtlich war hier während des Sommers ganz schön was los gewesen.

Ellie paddelte kräftiger, bis das Kanu auf Grund lief. Dann sprang sie auf den feuchten Sand und zog das Boot ans Ufer. Chaz hüpfte sofort ins Wasser. Unsicher hin und her schwankend kletterte Brian durch das Boot zum Bug und reichte ihr die Sachen für das Picknick.

Sie suchten sich einen schönen Platz am Strand und breiteten die Decke aus. Die Sonne brannte fast so heiß wie im Sommer auf sie herunter und das Hähnchen schmeckte herrlich knusprig, genauso wie Ellie es mochte.

Nachdem sie gegessen hatten, ließ Ellie sich zufrieden auf die Decke zurückfallen. Brian streckte sich neben ihr aus und verschränkte die Arme hinter seinem Kopf. Zum

Schutz vor der Sonne hatte er sich die Baseballkappe über das Gesicht gezogen. Chaz schnüffelte im Gebüsch hinter ihnen herum.

Sie redeten und lachten über eine Stunde miteinander. Ellie konnte sich gar nicht mehr vorstellen, dass sie vorhin noch so nervös gewesen war. Sie musste wieder an Brians Kuss denken. Ob er sie wohl noch einmal küssen würde?

Sie hätte jedenfalls nichts dagegen gehabt.

Brian setzte sich auf und griff in den Korb. „Möchtest du auch einen Apfel?", fragte er.

„Gerne", sagte Ellie. „Du hast wirklich an alles gedacht!"

Er lächelte sie an und hielt einen Apfel in die Höhe. „Genau wie Adam und Eva", sagte er mit weicher Stimme.

Ellie lachte unbehaglich. Manchmal sagte er wirklich merkwürdige Sachen, dachte sie.

Brian rieb den Apfel an seinem T-Shirt ab. „Soll ich ihn für dich zerschneiden?", fragte er.

„Ja, gerne."

Brian griff wieder in den Korb und zog ein Messer heraus.

Ellie stockte der Atem.

Sie musste sich zwingen nicht zu schreien. Sie versuchte nicht auf das Messer, sondern in Brians Gesicht zu sehen.

Er wirkte völlig ruhig und gelassen, während er konzentriert den Apfel aufschnitt.

Das große Messer mit dem silbernen Knauf durchtrennte die blutrote Haut des Apfels.

Es war der Dolch aus Ellies Visionen!

Kapitel 12

Schaudernd sprang Ellie auf die Füße.

Erschrocken sah Brian zu ihr auf. Der Dolch schwebte in der Luft. Von seiner Schneide tropfte der Saft des Apfels.

„Was ist denn mit dir los?“, fragte Brian erstaunt.

Ellie blickte verzweifelt zu dem kleinen Wäldchen hinter ihnen.

Beruhige dich wieder, redete sie sich gut zu. Brian darf auf keinen Fall merken, was für einen Schrecken er dir eingejagt hat. Er wird bestimmt denken, dass du komplett verrückt bist.

„Das Messer …“, setzte sie an.

„Sieht ganz schön gefährlich aus, nicht?“, sagte Brian stolz und schwang es spielerisch durch die Luft. „Es hat meinem Großvater gehört. Er hat es mir geschenkt, als ich noch zur High-School ging. Ich hänge sehr an diesem Messer.“

Ellie rannen immer noch eiskalte Schauder den Rücken herunter. Ich muss von hier verschwinden, schoss es ihr durch den Kopf. Ich muss weg von diesem Dolch, bis ich mich wieder etwas besser fühle.

„Ich kann Chaz gar nicht mehr sehen“, stieß sie hervor. „Hoffentlich hat er sich nicht verlaufen. Ich geh lieber mal nachsehen.“

Er lachte leise glucksend über ihre Besorgnis und schälte weiter mit dem Messer den Apfel. „Okay, aber wenn du in zwanzig Minuten nicht zurück bist, werde ich dir eine Suchpatrouille hinterherschicken.“

„Ich … ich bin bald wieder da“, stotterte Ellie. Sie wirbelte herum und stürmte in das Wäldchen. Chaz sprang hinter einem Baum hervor und lief zu Ellie, die stehen geblieben war um wieder zu Atem zu kommen. Sie kniete sich hin und kraulte ihm den Nacken. Dann verbarg sie ihr Gesicht in dem warmen Fell des Labradors.

Jetzt beruhige dich erst mal, Ellie, sagte sie zu sich. Denk nach!

Okay, der Dolch sieht genauso aus wie der in deiner letzten Vision. Aber hat denn das wirklich so viel zu bedeuten? Es gibt eine Menge großer Messer mit silbernem Griff.

Ellie wurde langsam ein bisschen ruhiger. Chaz hatte sich auf die Hinterpfoten gesetzt und versuchte winselnd ihr das Gesicht abzulecken.

Sogar meinen eigenen Hund mache ich schon ganz verrückt, dachte Ellie

Warum muss ich den gleichen bescheuerten Fehler auch immer wieder machen?

Ich treffe einen Jungen. Ich beginne ihn zu mögen. Dann fangen die Visionen wieder an und ich drehe vor lauter Misstrauen total durch.

Ellie blickte nachdenklich zurück zum Strand. Vielleicht sollte ich Brian einfach erzählen, dass ich das zweite Gesicht habe. Irgendwie habe ich das Gefühl, dass er es verstehen würde.

Schließlich hat er gesagt, dass er mich mag, weil ich anders bin als die anderen Mädchen. Er weiß nur noch nicht *wie* anders.

Ellie stand auf, steckte sich das T-Shirt in die Jeans und zog das Gummi um ihren Pferdeschwanz fest.

Ich werde es ihm erzählen, beschloss sie. Ich möchte ihn nicht auf die gleiche Weise verlieren wie Tommy Wheaton.

Brian wird mir glauben. Er wird mich verstehen. Da bin ich ganz sicher.

„Brian?“, rief sie, als sie aus dem Wäldchen trat. „Brian?“

Sie blieb stehen und starrte mit offenem Mund auf den leeren Strand.

Er war verschwunden.

Kapitel 13

Ellie blinzelte mehrmals und wollte ihren Augen nicht trauen.

Der Sand glänzte im hellen Sonnenlicht. Der Picknickkorb war verschwunden. Genauso wie die Decke, ihr Anorak und – *das Kanu*!

Panik stieg in Ellie auf. Chaz rannte bellend den Strand entlang und jagte einem Schwarm Stare hinterher.

Brian war offensichtlich abgehauen, wie neulich Abend in Almas Café. Er konnte sie doch nicht einfach auf dieser kleinen, verlassenen Insel aussetzen!

„Ellie! Hey, Ellie!“, ertönte plötzlich Brians Stimme.

Sie wirbelte herum. Von wo hatte er gerufen? Aus dem Wäldchen?

Sie drehte sich in die Richtung, aus der sie seine Stimme gehört hatte, und blieb dann wie angewurzelt stehen.

Nein! Ich werde auf keinen Fall in das Wäldchen zurückgehen, sondern hier am Strand warten. Wenn ich in das Wäldchen gehe, dann …

Was dann?

Noch vor fünf Minuten war sie entschlossen gewesen Brian ihr größtes Geheimnis zu verraten. Und jetzt traute sie ihm nicht einmal mehr genug, um im Wäldchen nach ihm zu suchen.

Reiß dich zusammen, Ellie!, ermahnte sie sich. Du kannst dich nicht dein ganzes Leben vor irgendetwas fürchten!

Sie atmete tief durch um sich Mut zu machen und wollte gerade losgehen, als sie den Bug des Kanus entdeckte. Ein Stück entfernt tauchte er hinter den Bäumen, die eine kleine Bucht säumten, auf. Dann glitt das Boot auf den See hinaus.

„Ellie?“, rief Brian, der hinten im Kanu saß und paddelte. Er nahm seine Kappe ab und winkte damit wie ein Wilder um sie auf sich aufmerksam zu machen. „Ich bin hier drüben!“

Ellie atmete erleichtert auf. „Was zum Teufel machst du denn da?“, rief sie und lief zum Ufer.

„Ich habe dich gesucht. Ich hatte schon alles gepackt, und als du nicht wiederkamst, habe ich mir Sorgen gemacht. Dann hörte ich Chaz im Wäldchen bellen. Also bin ich in die kleine Bucht dort hinten gepaddelt um dich zu suchen.“

„Oh.“ Jetzt war Ellie das Ganze noch peinlicher. Sie watete ins Wasser, griff nach dem Bug des Kanus und rief nach Chaz. Der Labrador sprang ins Boot. Seine sandigen Pfoten rutschten auf dem glatten Boden weg.

„Sitz!“, sagte Ellie streng. Sie zog die Schwimmweste unter ihrem Sitz hervor und versuchte sie anzuziehen. Aber die Bänder waren völlig verheddert. Ungeduldig warf sie sie auf den Boden des Kanus und setzte sich auf die vordere Bank.

Als sie vom Ufer wegpaddelten, blickte Ellie über die Schulter zu Brian. Er sah gedankenverloren über den See, während seine Arme in gleichmäßigem Rhythmus das Paddel durchs Wasser zogen.

Brian hat gemerkt, dass irgendwas nicht stimmt, dachte Ellie. Er ist ja schließlich nicht blind. Was er sich wohl gedacht hat, als ich wie ein aufgescheuchtes Reh im Wäldchen verschwunden bin?

Ellie seufzte und begann schneller zu paddeln.

Das Kanu glitt scheinbar mühelos über das glitzernde,

klare Wasser dahin. Das gleichmäßige Geräusch der Paddel half ihr sich langsam zu entspannen. Die Sonne schien warm und tröstlich auf ihr Gesicht.

„Ellie.“ Hinter ihr flüsterte Brian leise ihren Namen. Er hatte aufgehört zu paddeln, wie sie jetzt erst bemerkte. Das Kanu drehte sich in einem langsamen Kreis.

Gänsehaut überzog Ellies Arme. Ein Angstschauder durchfuhr sie.

„Ellie“, sagte Brian noch einmal, diesmal lauter und energischer.

Sie kniff die Augen fest zusammen. Nein, dachte sie. Ich will nicht hören, was du mir zu sagen hast. Du wirst mir bestimmt gleich erzählen, dass du mich nie wieder sehen willst. Dass ich *zu* anders bin. *Zu* merkwürdig.

Sie konnte die Hitze seines Blicks auf ihrem Rücken spüren. Den eindringlichen Glanz seiner Augen, mit denen er sie zwingen wollte sich umzudrehen.

„Hey, Ellie!“

Sie drehte sich um und richtete sich dabei halb auf.

Erschrocken von ihrer plötzlichen Bewegung sprang Chaz auf die Füße. Mit einem überraschten Winseln hüpfte er auf sie zu.

Ellie schrie vor Schreck auf, als sie das Gleichgewicht verlor. Das Kanu neigte sich zur Seite und sie fiel mit ausgestreckten Armen über die Bordwand.

Das kalte Wasser schlug über ihr zusammen.

Sie schluckte Wasser und hatte das Gefühl zu ersticken.

Die eisige Kälte lähmte ihre Muskeln.

Ich muss schwimmen! Ich muss hier raus!, schoss es ihr durch den Kopf.

Mühsam versuchte sie sich zu bewegen, den Schock durch das eiskalte Wasser zu überwinden. Sie hob beide

Arme und paddelte mit ihren Füßen. Ein heftiger Schmerz raste durch ihre Hand, als ihre Fingerknöchel gegen etwas Hartes stießen.

Das Kanu!

Nach Luft schnappend tauchte Ellie auf und drückte ihre Handfläche gegen die glatte Außenwand des Kanus.

„Neiiiin!“ Sie stieß einen heiseren Schrei aus, als nasskalte Finger ihren Knöchel wie ein Schraubstock umklammerten und sie nach unten zogen.

Sie streckte beide Hände aus und versuchte verzweifelt nach dem Boot zu greifen. Aber sie rutschte an der glatten Oberfläche des Kanus ab, die ihr keinen Halt bot.

Die starke Hand, die ihren Knöchel gepackt hatte, zog sie tiefer und tiefer.

Sie strampelte heftig und trat nach ihrem Angreifer, aber es gelang ihr nicht sich zu befreien.

Immer tiefer ging es hinab. Ihre Lungen waren kurz davor zu platzen.

Ich werde ertrinken!, dachte sie voller Entsetzen.

Kapitel 14

Nein! Bitte nicht!

Ich will nicht so sterben!

In einem Grab aus trübem Wasser.

Ellie nahm ihre letzte Kraft zusammen und trat noch einmal kräftig zu. Sie spürte, wie sich der unerbittliche Griff lockerte und ihr Bein freikam.

Mit hoch erhobenen Armen schoss sie an die Wasseroberfläche. Gierig saugte sie die Luft in ihre brennenden Lungen. Ein Hustenanfall schüttelte ihren ganzen Körper.

Über ihr im Kanu bellte Chaz aufgeregt. Ellie griff nach der Seitenwand des Bootes und versuchte wieder zu Atem zu kommen.

Wo war Brian?

Sie zog sich hoch und es gelang ihr, einen Blick in das Kanu zu werfen.

Brians rot-blaue Baseballkappe lag auf dem Boden zwischen Chaz' Vorderpfoten.

Aber wo war *er*?

Panik ergriff sie. Hektisch warf sie ihre Haare zurück, rieb sich das Wasser aus den Augen und suchte den See ab.

Urplötzlich hörte sie ganz in der Nähe laute Rufe. Als sie über ihre Schulter blickte, sah sie ein Ruderboot über das Wasser gleiten, das sich schnell auf sie zu bewegte.

Es war der Angler, den sie vorhin gesehen hatte. Er ruderte wie ein Wilder um möglichst schnell bei ihr zu sein.

Doch wo war Brian?

Ellie schwamm im Kreis um das Kanu herum und rief

immer wieder seinen Namen. Sie traute sich aber nicht sich allzu weit von dem sicheren Boot zu entfernen.

Sie zuckte zusammen, als sie ihn endlich entdeckte. Er trieb mit dem Gesicht nach unten im Wasser. Seine Arme hingen schlaff auf der Wasseroberfläche.

Schnell schwamm Ellie zu ihm hinüber und benutzte einen Rettungsschwimmergriff um ihn auf den Rücken zu drehen.

Atmete er noch?

Ja! Gott sei Dank!

Aber seine Augen waren geschlossen und sein Gesicht war totenbleich.

Das Ruderboot des Anglers umrundete das Kanu und kam in Sicht.

„Hierher!“, schrie Ellie. „Beeilen Sie sich! Hier sind wir!“

„Na, ihr beiden“, rief der Angler, als er neben ihnen auftauchte. „Da habt ihr euch ja einen netten Tag zum Schwimmen ausgesucht!“

Auf dem Boden kniend beugte sich Ellie über Brian. „Wie geht's dir? Du siehst schon ein bisschen besser aus. So langsam bekommst du auch wieder etwas Farbe.“

Brian hustete heftig. „Ich bin soweit in Ordnung. Ich fühl mich nur noch etwas schwindelig und mir ist furchtbar kalt.“ Sein ganzer Körper zitterte unter dem Segeltuch, das der Angler über ihn gebreitet hatte.

„Ich bin auch völlig durchgefroren“, sagte Ellie bibbernd.

„Wo ist der Angler?“, fragte Brian.

„Er holt seinen Wagen um uns nach Hause zu fahren.“

„Das war ja 'ne tolle erste Verabredung“, murmelte Brian.

„Du warst eine ganze Zeit bewusstlos", sagte Ellie. „Aber der Angler hat dich wieder hingekriegt. Er heißt übrigens Raphe."

„Er hat mir das Leben gerettet", sagte Brian mit leiser Stimme. Sein Blick war immer noch unscharf.

„Eigentlich war es Chaz, der uns beiden das Leben gerettet hat. Raphe hat nämlich gehört, dass er wie verrückt gebellt hat, und hat sich gesagt, dass da irgendwas nicht in Ordnung sein kann."

„Was … was ist denn bloß passiert?", fragte Brian mit schwacher Stimme. „Ich kann mich nur noch erinnern, dass du ins Wasser gefallen bist und dann … dann …"

„Ich weiß es auch nicht genau. Eigentlich bin ich eine sehr gute Schwimmerin. Aber irgendetwas …"

„Ich bin so furchtbar erschrocken", unterbrach Brian sie. „Du bist untergegangen und nicht wieder hochgekommen. Da hab ich es mit der Angst zu tun gekriegt und bin dir nachgesprungen."

Ein neuer Hustenanfall schüttelte ihn. Er schloss die Augen, bis er vorbei war. Dann sprach er weiter: „Das Wasser war so verdammt kalt und so dunkel. Ich konnte dich nicht sehen. Und dann muss ich wohl zu tief getaucht sein. Ich … ich habe mich an irgendwas festgehalten und mich hochgezogen."

Du hast mich also am Knöchel festgehalten!, dachte Ellie. *Du* hättest mich beinahe umgebracht ohne es zu merken.

„Ich hab wohl zu viel Wasser geschluckt", fuhr Brian mit heiserer Stimme fort. Er griff nach ihrer Hand, die genauso eiskalt war wie seine. „Ich konnte überhaupt nichts sehen. Irgendwann war ich dann wieder an der Wasseroberfläche und ich dachte, du wärst auch dort. Ich wollte dich hochziehen. Aber dann muss ich wohl ohnmächtig geworden sein. Und dann hast du *mich* gerettet."

Ellie sah zitternd auf ihn hinunter.

Seine kalten Finger waren zärtlich um ihre geschlungen. Er richtete sich ein Stück auf und presste seine Lippen auf ihre Wange. Ellie beugte sich zu ihm hinunter und küsste ihn.

Sie spürte seine sanften Lippen. Sanft und kalt.

Dann ließ er sich wieder zurückfallen.

„Mann, bin ich müde", flüsterte er. Ihm fielen die Augen zu. „Danke, dass du mich gerettet hast, Ellie. Obwohl ich ganz sicher war, dass ich dich gerettet hatte", sagte er noch.

„Was? Du hast *mich* gerettet?" Ellie starrte fassungslos auf ihn hinunter. „Wie meinst du das, Brian?"

Er antwortete nicht.

„Was soll das heißen: Du hast mich gerettet?", wiederholte sie mit schriller Stimme.

Aber Brian war eingeschlafen. Er atmete flach und unregelmäßig. Ellie kniete sich neben ihn und betrachtete sein Gesicht. Er sah im Schlaf wie ein kleiner Junge aus.

Wir haben's geschafft, dachte Ellie dankbar. Wir haben's beide geschafft!

Glücklich drückte sie Brians Hand.

Er seufzte und lächelte im Schlaf.

Sie beugte sich über ihn und küsste ihn zärtlich auf die Wange.

Seine Lippen öffneten sich. „Melinda", murmelte er leise.

Kapitel 15

Ellie wollte ihren Ohren nicht trauen.

Melinda? Hatte er wirklich Melinda gesagt?

Immerhin war das ja nicht gerade ein alltäglicher Name.

Aber sie war sich ganz sicher. Brian hatte mit zärtlicher Stimme diesen Namen geflüstert.

Kannte er etwa Melinda Wilkins?

Ellie ließ seine Hand los, die schlaff zu Boden sank.

Sie schlang die Arme um ihren Körper und versuchte sich ein bisschen aufzuwärmen. Die Sonne verschwand gerade hinter einer großen, dunklen Wolke. Der Himmel verdüsterte sich und Ellies Stimmung auch.

Beunruhigt sah sie Brian an. Wenn sie nur wüsste, ob er Melinda Wilkins gemeint hatte! Aber warum hätte er sonst ausgerechnet diesen Namen gemurmelt?

Ihr fiel ein, dass Brian ganz plötzlich aus Almas Café verschwunden war, als Lieutenant Wilkins hereinkam.

War es nur wegen des Strafzettels gewesen oder hätte er Angst haben müssen, dass Wilkins ihn wieder erkennen könnte?

Die Szene im See lief noch einmal vor ihrem inneren Auge ab. Hatte Brian wirklich nicht gemerkt, dass er sie unter Wasser gezogen hatte? Er hatte ihr ganz unschuldig erzählt, dass er sich an irgendetwas festgehalten hatte. Er musste doch gemerkt haben, dass es ihr Knöchel gewesen war.

Hatte er ihr seine Ohnmacht nur vorgespielt? Angenommen, der Angler in seinem Ruderboot wäre nicht vorbeigekommen, hätte Brian dann versucht sie zu ertränken?

Jetzt mach aber mal halblang, ermahnte sich Ellie. So langsam siehst du wirklich Gespenster. Brian ist in den See gesprungen um dich zu retten. Er hat sein Leben für dich riskiert! Und du sitzt hier und spinnst dir die wildesten Schauergeschichten zusammen.

Er ist ein netter Kerl. Und ihm scheint wirklich etwas an dir zu liegen.

Aber warum habe ich dann Angst vor ihm?, fragte eine leise Stimme in ihrem Kopf. Warum habe ich diese schrecklichen Visionen, wenn er in der Nähe ist?

Was mache ich eigentlich hier?, fragte sich Ellie.

Sie lehnte sich auf der Bank nach vorne und blickte den langen, gekachelten Flur hinunter. Aus dem Raum nebenan drangen das Geklapper von Computertastaturen und die gedämpften Stimmen einiger Polizisten.

Ellies Magen knurrte laut. Sie hatte das Abendbrot ausfallen lassen, weil ihr überhaupt nicht nach Essen gewesen war.

Nachdem Raphe sie nach Hause gefahren hatte, war sie sofort unter die heiße Dusche gegangen. Danach hatte sie ihren kuschligen Pyjama angezogen und war unter die Bettdecke geschlüpft. Es dauerte nicht lange und sie war fest eingeschlafen. Sie wurde erst nach einer ganzen Weile wieder wach und versuchte noch einmal Sarah zu erreichen. Ohne Erfolg.

Obwohl Ellie immer noch müde war und völlig fertig von dem schrecklichen Erlebnis am See, hatte sie sich schnell eine Jeans und ein graues Sweatshirt übergezogen. Dann hatte sie sich in den Bus gesetzt um zur Polizeiwache von Shadyside zu fahren.

Während sie auf der harten, hölzernen Bank in dem hell erleuchteten Warteraum unruhig hin und her rutschte, fragte sie sich, was sie Sarahs Vater eigentlich erzählen sollte.

Endlich kam ein Polizist herein und führte sie in Lieutenant Wilkins' Büro. Als Ellie eintrat, sah er langsam von einem Stapel Papiere auf.

Ellie konnte ihr Erschrecken nicht verbergen. Der Lieutenant war über Nacht zehn Jahre gealtert. Seine Augen waren rot umrandet und blutunterlaufen. Seine Krawatte hing schief auf seinem zerknitterten Hemd und war mit Flecken übersät.

„Ich weiß, Ellie", sagte er, bevor sie noch einen Ton herausbringen konnte. „Du machst dir Sorgen um Sarah. Du möchtest bestimmt, dass sie dieses Wochenende zu euch kommt. Ich habe dir gesagt, dass sie bei ihrer Tante ist, weil sie ein bisschen Ruhe nötig hat. Das Letzte, was sie jetzt braucht ..." Seine Stimme wurde leiser, bis er schließlich ganz verstummte.

„Warum geht Sarah nicht ans Telefon?", fragte Ellie. „Ich habe immer wieder versucht sie anzurufen."

„Sie ist ziemlich fertig mit den Nerven", antwortete Lieutenant Wilkins traurig. Er schloss seine Augen und rieb sich mit Daumen und Zeigefinger erschöpft den Nasenrücken. „Es ist eine harte Zeit – für uns beide."

Ellie zögerte. Dann platzte sie mit der anderen Sache heraus, die ihr auf der Seele lag. „Bitte erzählen Sie mir etwas über Melindas Freund."

Wilkins riss die Augen auf und sah Ellie eindringlich an.

„Brett Hawkins?"

„Ja. Ich kann mich an diesen Namen erinnern", sagte Ellie.

Für den Bruchteil einer Sekunde erstarrte Wilkins. Dann sah er sie mit gerunzelter Stirn an. Er zeigte auf den Holzstuhl vor seinem Schreibtisch. „Setz dich und sag mir, was los ist. Warum möchtest du etwas über Brett wissen?“

Ellie ließ sich unsicher auf dem Stuhl nieder und umklammerte die Armlehnen. Sie räusperte sich mehrmals und wusste nicht, wie sie anfangen sollte.

Sollte sie Lieutenant Wilkins sagen, dass Brian Melindas Namen geflüstert hatte?

Dass er den silbernen Dolch besaß, den sie in ihren Visionen gesehen hatte?

Dass seine tote Tochter sie aus einem Foto heraus gerufen hatte?

Vergiss es, Ellie! Wenn du ihm davon erzählst, wird er dich wahrscheinlich in die Psychiatrie einweisen lassen.

Warum musste ich auch unbedingt herkommen?, fragte sie sich. Ich bin ja selber schuld.

„Ellie? Ist alles in Ordnung mit dir?“, fragte Lieutenant Wilkins mit leiser Stimme. „Möchtest du vielleicht eine Cola oder irgendwas anderes?“

Sie schüttelte den Kopf und starrte auf ihren Schoß.

„Brett Hawkins“, wiederholte Lieutenant Wilkins nachdenklich. „Vielleicht ist er auch tot. Wir suchen ihn jetzt seit zwei Jahren und können ihn einfach nicht finden.“ Er seufzte und schüttelte seinen Kopf. „Vielleicht ist seine Leiche ja auch im Fear Street Wald vergraben worden – wie die von Melinda.“ Seine Stimme brach.

Ellie sah ihn stumm an und überlegte verzweifelt, was sie sagen sollte.

„Brett war der Letzte, der Melinda lebend gesehen hat“, sagte Wilkins. „Wer immer Melinda getötet hat, könnte auch ihn auf dem Gewissen haben.“

Ellies Magen schlug einen Salto. Sie fühlte sich auf

einmal richtig krank. „Kannte Melinda einen Jungen namens Brian Tanner?“, fragte sie leise. So leise, dass Lieutenant Wilkins sie bitten musste ihre Frage zu wiederholen.

Er rieb sich nachdenklich das Kinn. „Tanner? Lebt er in Shadyside?“

Ellie schüttelte den Kopf.

„Nein“, sagte Lieutenant Wilkins schließlich. „Ich kann mich nicht an seinen Namen erinnern.“

Ellie stieß innerlich vor Erleichterung einen Stoßseufzer aus. Falls Brian Melinda Wilkins gekannt hätte, hätte ihn die Polizei nach ihrem Verschwinden garantiert befragt. Aber der Lieutenant hatte noch nie von ihm gehört.

Das bedeutete, dass Brian eine andere Melinda gemeint haben musste.

Das bedeutete, dass alle ihre Ängste wegen Brian völlig lächerlich waren.

„Ich glaube, das war's dann auch“, sagte Ellie und stand auf. „Tut mir Leid, dass ich Ihre Zeit so lange in Anspruch genommen habe. Ich wollte nur ...“

„Warte mal! Ich habe hier irgendwo ein Foto von Brett Hawkins“, unterbrach sie Lieutenant Wilkins und wühlte in den Aktenbergen auf seinem Schreibtisch. „Hier ist es. Es ist nicht besonders gut, aber vielleicht kannst du ja etwas darauf erkennen. Ich habe das Foto unter Melindas Sachen gefunden, nachdem sie verschwunden war. Wir haben damals überall Kopien davon aufgehängt, aber es hat sich niemand gemeldet, der uns einen Hinweis geben konnte.“

Er lehnte sich über den Schreibtisch und reichte ihr das Foto.

Mit zitternden Fingern griff Ellie danach.

Sie hielt es ganz fest und starrte auf das Pärchen, das vor einem Motorrad stand. Der Junge hatte seinen Arm um die Schultern des Mädchens gelegt und sie schmiegte ihren Kopf an seine Brust.

Ellie erkannte Melinda sofort. Dann betrachtete sie den Jungen genauer.

Er hatte pechschwarze Haare, die zu einem Pferdeschwanz zusammengebunden waren. Er trug enge Jeans, eine schwarze Lederjacke und Cowboystiefel. Sein Lächeln war einfach umwerfend.

Und seine Augen ...

Eine eisige Kälte schien sich in Ellie auszubreiten.

Ihr Mund wurde trocken.

Sie hätte sie überall wieder erkannt.

Es waren Brians Augen.

Brian Tanner war Brett Hawkins!

Kapitel 16

Ellie konnte es einfach nicht glauben. Brian Tanner, seinen Arm um Melinda gelegt, lächelte sie von diesem Foto an.

Dann verschwamm sein Gesicht. Das ganze Foto wurde unscharf. Ellie sah auf. Die Wände des Büros verblassten vor ihren Augen und ein dicker weißer Nebel schwebte herein.

Sie hörte Lieutenant Wilkins sprechen, aber er schien ganz weit weg zu sein – auf der anderen Seite des Nebels. Ellie konnte kein Wort von dem, was er sagte, verstehen.

Sie richtete sich in ihrem Stuhl auf. Das Foto flatterte auf den Boden. Der Teppich zu ihren Füßen verblasste und abgestorbene braune Blätter flatterten um ihre Füße.

Was war das?

Ein großer, dunkler Baum tauchte vor Ellie auf. Sie roch verfaulende Blätter und feuchte Erde. Ihre Vision führte sie unter die Baumwurzeln zu einem tiefen schwarzen Loch.

Sie sah hinein. Ihr Blick wanderte tiefer und immer tiefer in die Dunkelheit.

Was war das? Ein Gegenstand – vergraben ganz am Ende des Lochs. Bedeckt mit Schimmel und Rost.

Ellie schien immer tiefer zu sinken, hinunter in die lehmige Erde.

Und dann konnte sie den Gegenstand ganz klar erkennen. Es war der silberne Dolch.

Sie griff danach, aber der Dolch verschwand in der Dunkelheit. Ihre Hand war leer.

Auf einmal schwebte die Stimme von Lieutenant Wilkins zu ihr herunter. Sie schien von weit her zu kommen. „Melinda wurde erstochen", sagte er.

Ellie hatte das Gefühl, als würde sie auf irgendeine Weise ganz langsam wieder nach oben gezogen, zurück in den weißen Nebel.

„Wenn ich nur wüsste, wer mein kleines Mädchen getötet hat." Die schmerzerfüllte Stimme des Lieutenants drang gedämpft zu ihr.

Ellie blinzelte. Sie sah sich um und stellte fest, dass sie wieder in dem kleinen Büro war. Sie beugte sich nach vorne und hob das Foto vom Fußboden auf. „Ich glaube, ich kann ihnen helfen", flüsterte sie.

Wilkins sprang von seinem Stuhl hoch und kniff seine rot geränderten Augen zusammen. „Wie meinst du das? Was weißt du?", stieß er hervor. Er kam um den Schreibtisch herum und blieb dicht vor Ellie stehen. „Bitte sag es mir!"

Ellie blickte zu ihm auf. Sah sein angespanntes Gesicht durch den weißen Nebel, der immer dünner wurde und sich schnell verflüchtigte.

Lieutenant Wilkins legte ihr beide Hände auf die Schultern und schüttelte sie. „Ellie, verdammt noch mal! Sag mir, was du weißt! Ich muss dieses Monster finden, das meine Tochter umgebracht hat!"

„Ich glaube, ich weiß, wo die Mordwaffe ist", sagte sie mit schwacher Stimme.

Wilkins sog scharf die Luft ein. „Wie hast du das herausgefunden?"

„Auf die gleiche Weise, wie ich auch entdeckt habe, wo Melinda vergraben wurde." Ellie sah ihn eindringlich an. Sie musste ihm erzählen, dass sie das zweite Gesicht hatte.

„Ich habe Visionen. Ich ‚sehe' Dinge, die geschehen

sind oder noch geschehen werden“, vertraute sie ihm mit zögernder Stimme an.

„Visionen? Du meinst bestimmt Träume, nicht wahr?“

„Eine Art von Traum, ja. Allerdings bin ich dabei wach. Und genau wie bei Träumen kann ich die Bilder, die ich sehe, nicht kontrollieren. Sie sind ganz klar und deutlich. Wie eine Art Botschaft …“

Sie brach ab. Es war so verdammt schwer die richtigen Worte zu finden.

Lieutenant Wilkins schien wie zu einer Salzsäule erstarrt. Er musterte sie eindringlich. „Eine Botschaft aus dem Jenseits? Wie die von meiner Tochter?“, fragte er dann mit schleppender Stimme.

Ellie nickte ernst. „Ich weiß nicht, wie sie es gemacht hat, aber Melinda hat meine Fähigkeiten benutzt um mich zu ihrem Grab zu führen“, erklärte sie. „Sie *wollte* gefunden werden.“

Wilkins Gesicht verzog sich vor Schmerz. Für einen Moment schien er ganz vergessen zu haben, dass er nicht allein im Raum war. Dann sah er sie wieder an.

„Du sagtest, du weißt, wo die Mordwaffe ist. Hast du das auch in einer Vision gesehen?“

Wieder nickte Ellie. „Ja, gerade eben. Nachdem ich mir das Foto von …“ Sie zögerte. Sie wollte ihm jetzt noch nicht von Brian Tanner erzählen. „… von Brett Hawkins angeschaut hatte. Ich ‚sah‘ einen Dolch auf dem Boden eines tiefen Lochs.“

Der Lieutenant umfasste mit festem Griff ihren Arm. „Einen Dolch? Wie sah er aus? Kannst du mich hinführen?“

Ellie zuckte zurück. Seine Finger gruben sich schmerzhaft in ihre Haut.

„Ich glaube, ich könnte die Stelle finden“, sagte sie.

„Aber wir müssen dafür zu dem Hügel gehen, wo Melinda vergraben wurde."

Mit langen Schritten eilte Lieutenant Wilkins zu seinem Schreibtischstuhl, griff sich die Uniformjacke und stürmte zur Tür. Er führte Ellie aus dem Büro und nickte dem Polizisten hinter dem Empfangstresen in der Eingangshalle zu. „Ich bin in zwanzig Minuten wieder zurück. Wir sind draußen im Wald, an der Stelle, wo die Leiche gefunden wurde. Sie können mich über Funk erreichen."

Als sie beim Friedhof ankamen, ging die Sonne bereits unter. Purpurfarbene Streifen zogen sich durch den Abendhimmel. Ein warmer, fast schwüler Wind fuhr durch die Bäume.

Als Ellie aus dem Polizeiwagen stieg, merkte sie, wie wacklig sie auf den Beinen war. Was für ein langer Tag, dachte sie. Ist es wirklich erst heute Morgen gewesen, dass Brian und ich zum See aufgebrochen sind?

Sie gingen denselben Weg wie beim ersten Mal. Das Unterholz und das dichte Gebüsch am Ufer des Bachs waren von der Polizei und den Horden von Schaulustigen heruntergetrampelt worden. Als sie bei Melindas Grab ankamen, waren dort nur noch ein Berg Erde und ein großes, gähnendes Loch zu sehen.

Ellie blickte in das Loch und merkte, wie sich ihr Magen zusammenzog.

„Denk nach, Ellie", drängte Lieutenant Wilkins. „Oder entspann dich oder mach, was immer du machen musst um die Mordwaffe zu finden. Es könnte unsere einzige Chance sein Melindas Mörder zu erwischen."

„Okay." Ellie atmete tief ein.

Sie umrundete das Loch und versuchte an gar nichts zu denken. Mit zunehmender Dunkelheit verblassten die purpurfarbenen Streifen am Himmel und der Wind wurde kühler.

Ellie versuchte sich zu erinnern, was sie in ihrer Vision gesehen hatte. Einen großen, verwachsenen Baum mit knorrigen Wurzeln.

Sie hob den Blick. Nicht weit entfernt, am einen Ende des Kiefernwäldchens, stand eine riesige Eiche. Sie ragte hoch über ihnen auf und ihre Äste schienen den Himmel zu berühren. Ellie ging näher heran und untersuchte den Stamm. Die Wurzeln des Baums sahen genauso aus wie die, die sie in ihrer Vision gesehen hatte.

„Das ist er!", flüsterte sie. Lieutenant Wilkins stellte sich neben sie. Ellie sank auf die Knie. Mit beiden Händen fegte sie zunächst Erde und Blätter beiseite, bis sie ein Loch entdeckte, das ungefähr den Umfang ihres Arms hatte.

Sie sah Lieutenant Wilkins an. Er hockte sich nun neben sie auf den Boden und betrachtete eingehend das Loch unter den Baumwurzeln. „Ich glaube, es ist da unten", sagte Ellie.

„Gut." Seine Lippen waren zu einem schmalen Strich zusammengepresst. „Meine Hand ist zu groß um reinzukommen. Kannst du es versuchen?"

Ellie nickte.

„Es ist ein wichtiges Beweisstück. Du musst Handschuhe anziehen", sagte er und zog ein Paar aus der Tasche seiner Uniform. „Wenn du etwas findest, müssen wir es sofort in einen Beutel tun. Ich möchte nicht, dass irgendwelche Fingerabdrücke verwischt werden."

Ellie zog die Gummihandschuhe über. Der Lieutenant verfolgte jede ihrer Bewegungen ganz genau.

Ellie steckte ihren rechten Arm in das Loch. Sie drehte ihr Handgelenk hin und her um Erde und Blätter, die sich im Laufe der Zeit angesammelt hatten, beiseite zu schieben. Tiefer und immer tiefer schob sie ihren Arm hinein.

Da berührten ihre Finger etwas Langes, Glattes.

Ellie hielt den Atem an.

Sie griff nach dem Gegenstand und zog ihn langsam und vorsichtig heraus.

Es war der Dolch!

Dreckverkrustet und mit Rost überzogen.

Sie hielt ihn zwischen Daumen und Zeigefinger und zeigte ihn Lieutenant Wilkins.

Seine Augen wurden groß. Er starrte eine ganze Zeit stumm auf das Messer und stieß dann einen gequälten Seufzer aus. „Ich erkenne es wieder“, sagte er mit zitternder Stimme. „Brett Hawkins hat immer mit so einem Ding herumgespielt.“

„Nein“, flüsterte Ellie erstickt. Fast wäre ihr der Dolch aus der Hand gefallen.

Schließlich gelang es Wilkins, seinen Blick von dem Messer mit dem silbernen Knauf loszureißen. „Ich wollte unbedingt glauben, dass Brett auch ermordet worden ist“, sagte er erregt. „Ich wollte es einfach nicht wahrhaben, dass er Melinda umgebracht hat. Aber hier ist die Tatwaffe! Es ist Bretts Messer.“

Wieder schwieg er für eine Weile. Dann holte er einen durchsichtigen Plastikbeutel heraus.

Ellie ließ den Dolch hineinfallen.

„Ich weiß nicht, warum er Melinda umgebracht hat“, sagte er mehr zu sich selbst. „Er war zwar ein ziemlich harter Bursche, aber kein schlechter Junge. Die ganzen beiden letzten Jahre war ich überzeugt davon, dass er auch ermordet worden ist. Wie konnte ich mich nur so irren!“

Ellie ließ sich gegen den Stamm der Eiche sinken. „Ich weiß, wo er ist“, entfuhr es ihr.

Wilkins warf ihr einen scharfen Blick zu. „Was sagst du da? Woher willst du das wissen? Hattest du wieder eine Vision?“

„Nein.“ Ellie schüttelte den Kopf. Jetzt, wo sie die Wahrheit kannte, wollte sie es hinter sich bringen. „Ich habe ihn in der Bücherei getroffen. Er hat mir erzählt, sein Name wäre Brian Tanner. Er schien wirklich sympathisch zu sein. Ich glaube, er hat sich an mich herangemacht, weil er erfahren hat, dass ich Melindas Leiche gefunden habe. Bestimmt hat er auch rausgefunden, dass ich mit Sarah befreundet bin.“

Brian hat nie etwas an mir gelegen, dachte Ellie bitter. Alles, was er gesagt oder getan hat – sogar seine sanften Küsse – war gelogen. Reine Berechnung!

Lieutenant Wilkins atmete laut hörbar ein. Trotz des dämmerigen Lichts konnte Ellie erkennen, dass er leichenblass geworden war. „Brian Tanner, sagtest du? Kannst du mir sagen, wo er wohnt?“

„Ich weiß es nicht genau“, antwortete Ellie. „Er hat mir erzählt, dass er bei seinen Großeltern in Waynesbridge lebt. Aber das ist wahrscheinlich auch gelogen.“

Wilkins nickte. „Das sind mehr Informationen, als wir in zwei Jahren bekommen haben. Ich danke dir, Ellie!“ Er drückte ihr fest die Hand. Dann griff er nach dem Plastikbeutel mit dem Dolch, stand auf und machte sich auf den Rückweg. Ellie trottete ein Stück hinter ihm her.

Als sie den Wagen erreicht hatten, gab der Lieutenant die Informationen per Funk an die Polizeistation durch. Ellie hörte gar nicht hin. Sie wollte nur noch nach Hause und ganz laut Musik hören um ihre düsteren, bitteren Gedanken zu betäuben.

Lieutenant Wilkins forderte sie mit einer Geste auf in den Wagen zu steigen.

Ellie schüttelte den Kopf. „Ich möchte zu Fuß nach Hause gehen. Ich muss unbedingt noch ein bisschen laufen."

„Brian könnte gefährlich sein", warnte sie Wilkins.

„Er kann ja nicht ahnen, dass ich alles weiß", erwiderte Ellie.

„Wenn er dich anruft, versuch seine Adresse rauszukriegen", bat Lieutenant Wilkins. „Und wenn du ihn noch einmal siehst, rufst du mich sofort an. Hast du mich verstanden?"

Ellie nickte. Sie verabschiedete sich von ihm und ging die Fear Street hinunter.

Ein Rascheln in der Hecke ließ sie zusammenfahren. „Ist da jemand?", rief sie ängstlich. Eine Gänsehaut überzog ihren ganzen Körper.

„Ellie!", ertönte plötzlich eine Stimme hinter der Hecke.

Ellie stieß einen erschrockenen Schrei aus.

Die Blätter teilten sich und Sarah Wilkins trat neben sie auf den Bürgersteig. Ihr schwarzes Haar war fettig und hing ihr zerzaust ins Gesicht. Sie trug einen zerrissenen Bademantel. Als Ellie sich von ihrem Schreck erholt hatte und ihre Freundin genauer betrachtete, merkte sie, dass Sarah barfuß war.

„Was machst du denn hier?", fragte sie entgeistert.

Sarah griff nach Ellies Hand. „Ich suche meinen Vater. Wo ist er?"

„Warum? Was ist hier eigentlich los? Du bist ja nicht mal angezogen. So kannst du doch nicht draußen rumlaufen …"

„Ich hab bei der Polizeistation angerufen", unterbrach Sarah sie. „Man sagte mir, mein Vater hätte neue Informationen in dem Fall.“ Sie sah Ellie mit funkelnden Augen und wildem Blick an. Ihre Wangen waren gerötet. „Hast du etwas damit zu tun? Hast du etwas Neues über Melindas Tod herausgefunden?“, drängte sie.

Ellie legte einen Arm um Sarahs Schulter und versuchte sie zu beruhigen. „Ja, jetzt wird alles wieder in Ordnung kommen.“

„Was soll das heißen?“, zischte Sarah und schob ihren Arm beiseite.

Ellie zögerte. Sie war sich nicht sicher, wie viel sie ihrer Freundin erzählen sollte. „Also, du erinnerst dich doch bestimmt an Brian Tanner? Den Typen aus Almas Café? In Wirklichkeit heißt er Brett Hawkins und ist Melindas früherer Freund. Dein Vater glaubt, dass er Melinda umgebracht hat.“

„Was?“ Sarah taumelte zurück, als hätte man ihr einen Schlag versetzt. Sie streckte beide Arme aus um ihr Gleichgewicht wiederzufinden.

Ellie hielt ihre Freundin fest, weil sie so aussah, als ob sie im nächsten Moment wieder in Ohnmacht fallen würde. „Sarah! Verstehst du denn nicht! Das ist doch eine gute Nachricht! Jetzt kann die Polizei den Mörder deiner Schwester fangen.“

„Nein. Nein“, stöhnte Sarah und schüttelte ihren Kopf wild hin und her.

Ellie spürte, wie Sarahs Muskeln sich vor Panik anspannten. Was war denn nur mit ihr los?

„Sarah!“ Ellie hielt sie mit beiden Händen fest. „Kann ich dir irgendwie helfen?“

„Nein!“, schrie Sarah. Sie wand sich mit aller Kraft aus Ellies Griff.

„Hau ab!“, knurrte sie. „Hau doch endlich ab! Du

verstehst überhaupt nichts! Niemand kann es verstehen!“

Sie wirbelte herum und lief auf die Straße.

„Sarah!“, rief Ellie ihr hinterher. Sarah rannte mitten auf der Fahrbahn. Ihre nackten Füße klatschten auf das Pflaster und ihr Bademantel wehte hinter ihr her.

Tut mir Leid, Sarah. Ich kann dir nicht nachlaufen, dachte Ellie. Ich bin zu kaputt nach diesem Tag.

Arme Sarah! Sie war mit der Situation völlig überfordert.

In Gedanken versunken ging Ellie dicht am Bordstein weiter. Sie war gerade in den Park Drive eingebogen, als Lieutenant Wilkins’ Wagen vorbeiraste ohne die Geschwindigkeit zu verlangsamen. Er schien sie überhaupt nicht zu bemerken.

Als der Wagen auf gleicher Höhe mit ihr war, erhaschte Ellie einen Blick auf sein Profil. Wilkins starrte stur geradeaus und lehnte sich angespannt nach vorne, beide Hände fest um das Steuer geklammert.

Der Rückweg schien sich endlos hinzuziehen. Endlich kam Ellie zu Hause an und suchte eine Weile in ihrem Rucksack nach dem Schlüssel. Sobald sie die Haustür aufgeschlossen hatte, kam Chaz angestürzt um sie freudig zu begrüßen. Er stieß kurze, winselnde Laute aus und wedelte begeistert mit dem Schwanz, als Ellie ihn streichelte.

„Hallo, Dad? Bist du zu Hause?“, rief Ellie. Vielleicht ist er ja im Sessel eingeschlafen, dachte sie.

Ellie warf die Haustür mit dem Fuß zu und ging in das dunkle Wohnzimmer.

Sie konnte erkennen, dass dort jemand im Sessel saß.

„Hey, Dad. Warum machst du denn kein Licht?“, rief sie.

Als sie ihn ansprach, bewegte er sich und stand in einer einzigen fließenden Bewegung aus dem Sessel auf.

Trotz des schwachen Lichts erkannte Ellie, dass es nicht ihr Vater war.

„Brian!“, schrie sie. „Hast du mich erschreckt! Wie bist du denn bloß reingekommen?“

Ohne einen Ton zu sagen kam Brian auf sie zu. Seine dunklen Augen waren zu schmalen Schlitzen zusammengepresst und glitzerten bedrohlich. „Ellie“, sagte er mit gefährlich ruhiger Stimme. „Warum hast du ihm den Dolch gezeigt?“

Kapitel 17

Ellie schnappte nach Luft.

„Warum, Ellie?“, wiederholte Brian drohend.

Ellie wirbelte herum und versuchte zur Wohnzimmertür zu laufen.

Brian stürzte sich auf sie. Sie stolperte gegen die Tür und schlug sie dabei zu.

Sie versuchte zu schreien, aber Brians Hand legte sich fest über ihren Mund.

Er presste sie schwer atmend gegen die Wand, sein Gesicht ganz dicht an ihrem. „Warum, Ellie? Warum?“ Sie konnte seinen heißen Atem direkt auf ihrer Wange fühlen.

Sie hörte auf sich zu wehren. Brian war zu stark. Sie hatte keine Chance gegen ihn.

„Versprichst du mir, nicht zu schreien, wenn ich meine Hand von deinem Mund nehme?“, fragte er in barschem Ton.

Ellie nickte.

Langsam ließ er sie los.

Ellie holte tief Luft. „Ich weiß überhaupt nicht, von welchem Dolch du eigentlich sprichst“, rief sie atemlos und versuchte Zeit zu gewinnen. „Meinst du etwa das Messer, das du beim Picknick dabeihattest?“

Er schüttelte den Kopf und sah sie finster an. Seine dunklen Augen schienen zu glühen. „Ich meine den Dolch, der unter der alten Eiche versteckt war“, zischte er zwischen zusammengebissenen Zähnen.

Ellies Gedanken rasten. Wie konnte Brian von dem vergrabenen Dolch wissen?

Es gab nur eine Antwort. *Er* hatte ihn vergraben!

Brian zog sie am Arm hinter sich her in den Flur. Er schloss die Haustür ab und legte die Kette vor.

Ich bin gefangen!, dachte Ellie und merkte, dass sich ihr ganzer Körper vor Entsetzen anspannte.

„Du hast sie umgebracht, nicht wahr?", krächzte sie mit schwacher Stimme. „Und dann hast du den Dolch unter der Eiche vergraben." Die Worte sprudelten einfach aus ihr heraus. Sie war vor lauter Angst so durcheinander, dass ihr gar nicht bewusst wurde, in welche Gefahr sie sich damit brachte.

Sein finsterer Gesichtsausdruck verschwand. Überrascht starrte er sie an. „Das glaubst du doch nicht im Ernst, oder?", fragte er fassungslos.

Ellie sah ihn nur an und schwieg.

Warum hatte sie bloß nicht den Mund gehalten?

Brian war ein Mörder. Er hatte Melinda umgebracht. Was sollte ihn davon abhalten, auch sie zu töten?

Sein Griff lockerte sich. „Ellie…", begann er.

Ellie nutzte ihre Chance. Sie stieß ihn mit beiden Händen so stark sie konnte vor die Brust. Überrascht stolperte er rückwärts und krachte gegen den Couchtisch.

Ellie flitzte an ihm vorbei und versuchte zur Hintertür zu kommen.

Aber noch bevor sie das Esszimmer erreicht hatte, erwischte Brian sie am Handgelenk und schleuderte sie auf das Sofa.

Sie kippte über die Lehne und knallte mit voller Wucht auf den Rücken.

Ächzend warf Brian sich auf sie und presste sie mit seinem Gewicht in die Polster. „Noch nicht, Ellie", sagte er leise. „Zuerst wirst du mir zuhören und dann kannst du gehen!"

„Ich will dir nicht zuhören", schrie Ellie. „Ich will deine Lügen nicht hören! Sobald du den Mund aufmachst, lügst du mich an! Du bist gar nicht Brian Tanner, sondern Brett Hawkins. Du warst Melindas Freund. Und du hast sie umgebracht!"

Sie trommelte mit ihren Fäusten auf ihn ein.

„Ellie, hör auf!", rief Brian und hielt sich schützend die Hände vors Gesicht. „Beruhige dich doch! Ich werde dir alles erklären. Willst du denn gar nicht wissen, was wirklich los ist?"

Ellie senkte ihre Fäuste. „Okay", seufzte sie.

Langsam richtete Brian sich auf.

Ellie rutschte in eine Ecke des Sofas und strich sich die Haare aus dem Gesicht. Sie atmete tief durch und versuchte ihren rasenden Herzschlag zur Ruhe zu bringen.

Brian saß angespannt in der anderen Sofaecke und starrte auf seine Hände. Sein rotbraunes Haar fiel ihm ins Gesicht, aber er machte keinen Versuch es zurückzustreichen. „Du hattest Recht. Ich habe dich angelogen. Mein Name ist Brett Hawkins. Vor zwei Jahren waren Melinda und ich ... also ... es ist so verdammt schwer zu erklären. Wir waren verliebt ineinander und wir wollten zusammen abhauen. Weg aus Shadyside. Aber ..."

„Aber dann hat sie ihre Meinung geändert und du hast sie umgebracht!", unterbrach ihn Ellie. „Hör auf, Brian! Oder Brett. Oder wie auch immer du sonst heißt. Bitte! Ich will keine weiteren Lügen mehr hören!"

„Ellie ...", bat er.

Aber Ellie war jetzt so richtig in Fahrt. „Du hast mich benutzt um herauszufinden, was Wilkins wusste", warf sie ihm vor. „Ich bin dir doch völlig egal! Du hast mir eine Lüge nach der anderen aufgetischt, nur weil du Angst hattest, dass sie dich schnappen!"

Brian wollte protestieren, aber Chaz' drohendes Knurren unterbrach ihn. Brian sprang auf.

Jemand hämmerte gegen die Haustür. „Polizei! Machen Sie sofort auf!"

„Ich bin hier drin!", schrie Ellie.

„Halt die Klappe! Das ist Wilkins", zischte Brian sie an und versuchte ihr den Mund zuzuhalten. Aber Ellie entwischte aus seinem Griff.

Sie stolperte auf die Küche zu und hörte, dass Chaz wie ein Wilder an der Haustür bellte.

Brian stürmte ihr hinterher und bekam sie zu fassen.

„Nein!", schrie sie entsetzt auf und rammte ihm den Ellbogen in den Magen.

Er stöhnte auf und klappte zusammen.

Ellie hetzte durch die Küche zur Hintertür. Mit zitternden Fingern drehte sie den Knauf.

Hinter ihr krümmte sich Brian mit schmerzverzerrtem Gesicht und presste stöhnend beide Hände gegen seinen Bauch.

Sie riss die Tür auf und stolperte auf die Veranda – direkt in die Arme von Lieutenant Wilkins.

„Wo ist er?", fragte er. „Wo ist Hawkins?"

„Da drinnen!", japste Ellie und zeigte ins Haus.

Sie drehte sich um und sah Brian in der Küche stehen. Er presste immer noch beide Hände auf seinen Magen. „Nein, Ellie!", rief er mit schwacher Stimme.

Er bewegte sich nicht von der Stelle, versuchte nicht einmal wegzulaufen.

Lieutenant Wilkins zog schnell seine Pistole. „Auf diesen Augenblick habe ich lange gewartet", sagte er mit zitternder Stimme. „Du bist festgenommen, Brett!"

„Wo… woher wussten Sie, dass er hier ist?", stotterte Ellie.

Lieutenant Wilkins zeigte auf das Nachbarhaus. „Eure Nachbarin hat Schreie und merkwürdige Geräusche gehört und daraufhin sofort die Polizei alarmiert. Als man mir sagte, dass es um euer Haus geht, habe ich es mir schon fast gedacht."

Die Pistole immer noch auf Brett gerichtet, drehte er sich zu Ellie um. „Du warst mir eine große Hilfe. Ich bin dir sehr dankbar, Ellie. Ist mit dir alles in Ordnung?"

Ellie nickte.

„Lass uns gehen, Brett", sagte er mit leiser Stimme. „Ich … ich habe gedacht, es würde mich glücklich machen, dich in den Knast zu bringen, aber ich fühle mich einfach nur mies."

Er legte seine freie Hand auf Brians Schulter und schubste ihn in Richtung Straße. Brian leistete keinen Widerstand. Während Lieutenant Wilkins ihn abführte, blickte Brian die ganze Zeit über die Schulter zu Ellie hin. Er ließ sie nicht aus den Augen, bis die beiden um die Hausecke verschwunden waren.

Erschöpft und am ganzen Körper zitternd setzte Ellie sich auf die oberste Stufe der Veranda und verbarg ihr Gesicht in den Händen. „Es ist vorbei!", murmelte sie vor sich hin. „Es ist endlich vorbei!"

Kurz nach zehn an diesem Abend beschloss Ellie noch ein schönes, heißes Bad zu nehmen und dann ins Bett zu gehen. Sie war gerade auf dem Weg ins Badezimmer, als sie unten das Telefon klingeln hörte. Ihr Vater schlurfte in den Flur und nahm den Hörer ab.

Ellie lehnte sich an den Türrahmen und lauschte angestrengt. Vielleicht ist es ja Sarah, dachte sie.

„Ellie?", rief ihr Vater von unten herauf. Sie ging zur Treppe. „Lieutenant Wilkins ist am Apparat", sagte ihr

Vater mit besorgtem Gesicht. „Er möchte, dass ich dich zur Polizeistation bringe. Es gibt da irgendein Problem."

„Was für ein Problem?", fragte Ellie misstrauisch.

„Also ... Wilkins sagt, dass ein gewisser Brett entkommen ist. Es könnte sein, dass er auf dem Weg zu dir ist."

Kapitel 18

„Oh, nein!“, stöhnte Ellie. „Wie konnte das denn passieren? Ich meine, was hat Lieutenant Wilkins dir erzählt?“ Sie ging langsam die Treppe hinunter.

„Wilkins ist zuerst mit ihm zum Gerichtsgebäude gefahren um sich einen Haftbefehl ausstellen zu lassen. Danach hat er ihn zum Gefängnis gebracht. Dabei ist es diesem Brett gelungen zu fliehen. Als Wilkins die Tür des Wagens öffnete, hat Brett ihn niedergeschlagen und ist weggerannt. Der Lieutenant hat noch einige Schüsse auf ihn abgefeuert, aber er ist entkommen.“

Ellie ließ sich auf die Couch fallen und schüttelte ungläubig den Kopf.

Ihr Vater setzte sich neben sie. „Ich habe ihnen gesagt, dass ich nicht möchte, dass du zur Polizeistation fährst. Wilkins hat mir erzählt, was heute passiert ist. Du hast deinen Teil getan.“

„Aber ich muss gehen, Dad!“, protestierte Ellie. „Ich muss ihnen helfen Brett zu finden. Bevor … bevor er hierher zurückkommt!“

„Ellie!“, sagte ihr Vater in strengem Ton. „Ich sagte, du wirst nicht gehen! Du wirst der Polizei nicht helfen! Du hast schon einmal dein Leben riskiert.“

„Ich muss aber hin! Außerdem bin ich dort sicherer als hier“, beharrte Ellie.

Mr. Anderson sprang auf und ballte seine Hände zu Fäusten. „Hast du mich nicht verstanden?“, brüllte er völlig außer sich. „Ich will nicht, dass dir das Gleiche passiert wie deiner Mutter!“

Ellie sah ihren Vater fassungslos an. „Was hat Mom denn damit zu tun?“

„Ich habe dir neulich nicht die ganze Geschichte über den Tod deiner Mutter erzählt“, sagte er und errötete. Er begann nervös vor Ellie auf und ab zu laufen. „Sie wurde umgebracht, weil sie der Polizei in einem Mordfall geholfen hat.“

„In einem Mordfall?“, wiederholte Ellie.

Ihr Vater nickte. „Das kleine Mädchen, das getötet wurde – es war das Kind unserer Nachbarin. Deine Mutter hat von dem Tod des Mädchens geträumt. In ihren Träumen tauchte immer wieder ein Mann mit einem roten Flanellhemd auf. Und dann hat sie eines Nachts das Gesicht des Mannes gesehen.“

Mom hatte auch Visionen! Sie hatte das zweite Gesicht, genau wie ich, dachte Ellie erschüttert.

Ihr Vater lief immer noch hin und her und vermied es, sie anzusehen. „Sie beschloss, dass sie es der Polizei sagen musste. Ich war zuerst dagegen, aber nach einer Weile habe ich widerstrebend zugestimmt.“ Er schluckte. „Am nächsten Tag haben sie den Onkel des kleinen Mädchens festgenommen. Er war der Mann, den deine Mutter im Traum gesehen hatte. Aber sie hatten nicht genug Beweise um ihn festzuhalten. Sie mussten ihn wieder laufen lassen.“

Mr. Anderson drehte sich zu Ellie um und sah sie mit schmerzerfülltem Blick an. „Kurz darauf griff der Mann deine Mutter an, als sie mit dir spazieren ging. Er stach auf sie ein … immer und immer wieder …“

Ellie sprang auf und ging zu ihrem Vater hinüber. Sie schlang ihre Arme um seine zitternden Schultern und wiegte ihn tröstend hin und her.

„Wenn ich ihr doch nur verboten hätte zur Polizei zu gehen“, flüsterte er mit erstickter Stimme. „Warum habe ich sie nicht daran gehindert?“

„Sie musste gehen, Dad“, sagte Ellie leise. „Du hättest sie nicht aufhalten können.“

Er schluchzte auf.

„Und ich muss auch gehen!“, fügte sie entschieden hinzu.

Ellies Vater löste sich aus ihrer Umarmung und schüttelte resigniert den Kopf. „Aber wie willst du ihnen helfen? Du hast schon alles getan, was du konntest.“

„Du weißt, wie“, sagte Ellie fest. „Mom hatte das zweite Gesicht und ich habe es auch. Das hast du doch schon immer geahnt, du wolltest es nur nicht wahrhaben!“

„Ich weiß wirklich nicht mehr, was ich noch glauben soll“, sagte er traurig. Er griff in seine Hosentasche und zog den Autoschlüssel heraus. „Hier. Lass schon mal den Wagen warm laufen. Ich komme in einer Minute nach.“

„Okay“, sagte Ellie erleichtert. Sie küsste ihn auf die Stirn und ging in den Flur um ihre Jacke zu holen.

Wenig später trat sie in die kühle Nachtluft hinaus. Der zweitürige Corolla ihres Vaters stand in der Auffahrt. Ellie blieb zögernd einen Augenblick vor der Haustür stehen.

Ob Brett irgendwo hier draußen war? Vielleicht versteckte er sich im Schatten und wartete auf sie um ihr heimzuzahlen, dass sie ihn gefasst hatten.

Die niedrige Hecke, die die Auffahrt begrenzte, zitterte.

Versteckte er sich etwa dahinter? Wartete er dort um herauszuspringen und sich auf sie zu stürzen?

Mit einem Schaudern zog sie ihre Jacke fester um sich und ging auf den Wagen zu.

Sie war nur noch wenige Schritte entfernt, als sich eine dunkle Gestalt aus der Hecke löste und sie mit einem heftigen Schnauben ansprang.

Kapitel 19

„Chaz!“, brüllte Ellie. „Sitz! Los, sitz! Du dummer Hund! Ich hätte fast einen Herzschlag bekommen!“ Der Labrador ließ sich auf alle viere fallen und wedelte begeistert mit dem Schwanz.

Die großen Pfoten des Hundes hatten schmutzige Abdrücke auf ihrer Jacke hinterlassen. „Hat Dad dich rausgelassen und dich dann vergessen?“, fragte Ellie und versuchte mit beiden Händen den Schmutz von ihrer Jacke zu bürsten.

Sie öffnete die Haustür und ließ Chaz hinein.

Dann drehte sie sich um und ging zum Auto.

Auf der Polizeistation wurde sie schon am Eingang von Lieutenant Wilkins begrüßt. „Es tut mir wirklich Leid, dass du so spät noch mal herkommen musstest“, sagte er entschuldigend und führte sie in sein kleines, unaufgeräumtes Büro. Sein Gesicht war angespannt und er hatte tiefe Ringe unter den Augen. „Ich weiß auch nicht, wie das passieren konnte. Es ist mir wirklich peinlich!“

Ellie wusste nicht, was sie sagen sollte. Er müsste unbedingt mal ein paar Stunden schlafen, dachte sie, als sie sich auf den Stuhl vor seinem Schreibtisch setzte.

„Brett hat mich einfach überrascht“, gab Lieutenant Wilkins zu und stöhnte, als er sich auf seinen Stuhl fallen ließ. „Ich glaube, seine Festnahme war einfach zu viel für mich. Da bin ich wohl ein bisschen nachlässig gewesen.“

„Wie kann ich Ihnen helfen?“, fragte Ellie und rutschte auf dem ungemütlichen Stuhl hin und her.

Er lehnte sich über den Schreibtisch zu ihr hin. „Ich dachte, du könntest dich vielleicht noch an etwas erinnern, was er gesagt hat. Irgendetwas, was uns einen Hinweis darauf gibt, wohin er geflüchtet sein könnte."

„Ich ... ich weiß nicht", stotterte Ellie.

Während er sie unablässig aus seinen müden Augen ansah, stellte ihr der Lieutenant eine Frage nach der anderen. „Hast du mal einen seiner Freunde getroffen? Hat er dir das Haus seiner Großeltern beschrieben? Was für ein Auto fährt er? Erinnerst du dich an die Nummer seines Führerscheins?"

Ellie versuchte so gut wie möglich zu antworten, aber sie merkte, dass sie kaum etwas über Brett Hawkins wusste.

Schließlich lehnte sich der Lieutenant in seinem Schreibtischstuhl zurück und stieß einen frustrierten Seufzer aus. „Wie sieht's denn mit einer Vision oder so aus?", fragte er.

Ellie schluckte. „Ich kann das nicht einfach an- oder abstellen, wie es mir gerade passt!", rief sie empört aus. „Ich glaube nicht, dass ..."

„Hier", unterbrach sie Lieutenant Wilkins und begann fieberhaft in den Aktenstapeln auf seinem Schreibtisch herumzuwühlen. Dann reichte er Ellie ein Foto. „Das hat dir doch vorhin schon geholfen. Versuch's noch einmal, bitte! Ich muss diesen Jungen wiederhaben! Ich kann ihn doch nicht einfach frei herumlaufen lassen!"

Ellie nahm das Foto und hielt es dicht vor ihre Augen. Es war der Schnappschuss von Brett und Melinda, den er ihr vor einigen Stunden gezeigt hatte. Brett lächelte sie aus dem Foto heraus an. Er schien sehr glücklich zu sein. Und Melinda auch.

Ellie schluchzte auf. „Ich ... ich kann es nicht!", beharrte sie.

„Versuch es! Bitte!", sagte Lieutenant Wilkins mit flehender Stimme. „Die kleinste Kleinigkeit würde uns schon weiterhelfen!“

Gehorsam starrte Ellie wieder auf das Foto. Starrte auf die lächelnden Gesichter, bis sie mit einem Mal verschwammen.

Das ganze Foto schien wie von einem Schleier überzogen. Die Farben blichen aus und verwandelten sich dann in einen schimmernden gelben Glanz, der sie an Sonnenlicht erinnerte.

Ellie sah so lange auf das helle, goldene Licht, bis ihre Augen schmerzten. Dann blickte sie zur Seite und ließ das Bild auf ihren Schoß sinken.

„Und?“, fragte Lieutenant Wilkins gespannt. „Hast du etwas gesehen?“

„Nur eine Farbe“, sagte Ellie zögernd. „Gelb oder gold. Ja – es glänzte wie Gold. Das war alles. Es tut mir wirklich Leid.“

Der Lieutenant sah sie skeptisch an. „Gold? Das war alles? Nur Gold? Was könnte das bedeuten?“

„Ich weiß es beim besten Willen nicht. Tut mir Leid“, wiederholte sie.

Die Straßen waren wie leer gefegt, als Ellie und ihr Vater nach Hause fuhren. In Shadyside wurden schon ziemlich früh die Bürgersteige hochgeklappt. Dunkle Häuser und Gärten sausten an ihnen vorüber.

Nachdem sie zu Hause angekommen waren, ging Ellie sofort ins Bett. Sie kuschelte sich unter ihre Decke und schloss die Augen. Sie war schon fast eingeschlafen – da sah sie plötzlich Sarahs Gesicht vor sich.

Sarah musste irgendetwas wissen, schoss es ihr plötzlich durch den Kopf. Sie hatte sich schon die ganze Zeit so merkwürdig verhalten.

Nicht nur heute Abend. Es war doch auffällig, dass sie das Haus nicht verlassen wollte und auf ihre Anrufe nicht reagierte.

Ich muss mit ihr sprechen, beschloss Ellie. Sie sprang aus dem Bett, zog sich schnell an und schlich auf Zehenspitzen die Treppe hinunter. Ihr Vater schlief zum Glück schon. Sie griff sich die Autoschlüssel und schlüpfte aus dem Haus.

Ich muss unbedingt herausfinden, was Sarah über Melinda und Brett weiß, dachte sie.

Wenige Minuten später bog sie in die Auffahrt der Wilkins' ein. Sie schaltete den Motor und das Licht aus und starrte auf das dunkle Haus.

Was weißt du, Sarah?, fragte sie sich.

Heute Nacht werde ich es herausfinden!

Als sie zur Haustür ging, lief ihr ein Angstschauer über den Rücken. Wartete Brett vielleicht hier irgendwo in der Nähe des Hauses um sie zu überfallen?

Muss ich jetzt für den Rest meines Lebens Angst haben?, fragte sich Ellie traurig.

Sie klingelte. Klopfte laut an der Tür. Rief zu Sarahs Fenster hoch.

Keine Antwort.

Noch einmal versuchte sie es an der Eingangstür. Sie war offen. Ellie schlüpfte ins Haus.

Mit einer Hand auf dem hölzernen Geländer stieg Ellie die Stufen hinauf. Das schwache Licht der Straßenlaternen, das von draußen hereinfiel, war die einzige Beleuchtung.

Sie schlich zu Sarahs Zimmer und blieb vor der halb geschlossenen Tür stehen. „Sarah? Hey, Sarah! Ich bin's. Wach auf!"

Keine Antwort.

Dann hörte Ellie ein unterdrücktes Schluchzen aus dem gegenüberliegenden Zimmer.

Melindas Zimmer!

„Sarah!“ Ellie drehte den Türknauf. Die Tür war verschlossen. Sie hämmerte dagegen und rief: „Ich bin’s, Ellie!“

Stille.

Ellie presste ihr Ohr gegen die Tür. Sie konnte Sarahs raues Atmen hören.

„Sarah, lass mich rein! Ich kann dir helfen! Ich verstehe dich.“

„Nein, tust du nicht! Du bist diejenige, die sie gefunden hat. Du hast alles kaputtgemacht!“

Ellie trat einen Schritt von der Tür zurück. „Was meinst du denn damit?“

Etwas Hartes krachte gegen die Tür und Ellie hörte das Geräusch von splitterndem Glas.

„Hau ab, Ellie!“

Ellie wich zurück. Sarah klang, als ob sie völlig durchgedreht wäre.

Sie musste unbedingt in das Zimmer kommen um mit ihr zu sprechen, bevor Sarah sich noch selber verletzte.

Ellie nahm Anlauf, riss ihr rechtes Bein hoch und trat so fest sie konnte gegen die Tür, die nach innen aufschwang und gegen die Wand krachte. Bücher, Bilder und Kleidung waren in wüstem Chaos auf dem Fußboden verteilt. Sarah kniete auf dem Bett und hielt in der linken Hand ein Kissen.

Ellie ging zu ihrer Freundin hinüber. „Wir müssen uns unterhalten. Über Brett Hawkins und über Melinda.“

„Nein!“, schrie Sarah. Ihr Schrei endete in einem langen, verzweifelten Schluchzer. „Nein! Ich will nicht darüber reden!“

„Aber ich will dir doch nur helfen. Wenn du mir nur sagen würdest, was du weißt, könnte ich ..."

„Nein!", wiederholte Sarah. „Nein, nein und nochmals nein!"

„Aber Sarah ...", bat Ellie.

„Verstehst du denn wirklich überhaupt nichts?", kreischte Sarah und lehnte sich gegen das Kopfteil des Bettes. „Du hast alles kaputtgemacht!"

Ellie starrte ihre Freundin entsetzt an. „Was meinst du denn damit?"

„Niemand hat dich gebeten ihre Leiche zu finden! Niemand hat dich gebeten das alles wieder hochzuholen!", rief Sarah. „Niemand!"

„Was ist denn los mit dir, Sarah?", fragte Ellie verwirrt. „Melinda war doch deine Schwester. Willst du denn gar nicht wissen, was passiert ist? Willst du etwa nicht, dass ihr Mörder gefasst wird?"

„Nein", antwortete Sarah und sah Ellie reglos an.

„Ich ... ich verstehe dich nicht", gestand Ellie.

„Das habe ich dir doch schon gesagt", antwortete Sarah bitter. „Du verstehst überhaupt nichts! Du weißt ja nicht mal, dass ich Melinda gehasst habe. Jawohl, ich habe sie gehasst!"

„Was?" Ellie traute ihren Ohren nicht.

„Ich habe sie so sehr gehasst, dass ich sie umgebracht habe!", schrie Sarah. „Ich war es, Ellie! Ich habe Melinda getötet!"

Kapitel 20

Sarah starrte Ellie an und wartete auf eine Reaktion von ihr.

Aber Ellie war zu geschockt um etwas sagen zu können.

Eine angespannte Stille breitete sich zwischen den beiden Mädchen aus. Draußen vor dem Haus schrie eine Katze. Es klang so menschlich, dass Ellie zuerst dachte, es wäre ein Baby.

Die Katze schrie noch einmal.

Keines der beiden Mädchen sagte ein Wort. Sarah schien von ihrem eigenen Geständnis völlig überrumpelt worden zu sein.

Schließlich brach sie das lastende Schweigen. „Es ist wahr, was ich gesagt habe. Ich habe Melinda gehasst."

„Aber du hast sie auch geliebt, nicht wahr?", sagte Ellie mit sanfter Stimme.

„Kann sein. Es war schwer, sie zu lieben. Melinda hatte einfach alles. Sie war hübsch, beliebt, hatte jede Menge Freunde und" – ihre Stimme zitterte – „mein Vater hat sie über alles geliebt. Jedenfalls mehr als mich."

Ellie senkte betroffen den Blick. „Dein Vater liebt dich nicht?", flüsterte sie ungläubig.

Sarah schüttelte den Kopf. „Nicht so, wie er Melinda geliebt hat. Für sie hätte er sich beinahe ein Bein ausgerissen und mich hat er links liegen lassen. Dabei habe ich alles versucht. Nachdem meine Mutter gestorben war, habe ich mich um alles gekümmert. Ich habe gekocht, eingekauft und das Haus sauber gemacht. Ich war erst vierzehn, aber ich habe den ganzen Haushalt geschmissen."

„Das muss ganz schön hart gewesen sein", sagte Ellie verständnisvoll.

Sarah traten die Tränen in die Augen. „Es hat aber nichts genützt. Wenn mein Vater von der Arbeit nach Hause kam, lief er mit einem flüchtigen ‚Hallo' an mir vorbei und ging zu Melinda. Die beiden haben sich wunderbar verstanden, aber als sie Brett traf, ging der Ärger los."

„Dein Vater mochte ihn nicht?"

Sarah nickte stumm. Eine Träne kullerte ihr die Wange hinunter. „Dad und Melinda hatten einen furchtbaren Streit. Er hat ihr verboten sich weiterhin mit Brett zu treffen. Und das war's dann! Melinda beschloss mit ihm abzuhauen."

Sarah lehnte ihren Kopf gegen die Wand und seufzte tief. „Ich weiß, es ist schrecklich, das zuzugeben, aber ich war total glücklich darüber. Ich hatte gehofft, dass mein Vater sich endlich mal um mich kümmern würde, wenn meine Schwester weg wäre. Also habe ich Melinda angeboten ihr zu helfen, damit sie mit Brett unbemerkt verschwinden konnte."

„Aber dann versteh ich nicht, dass du Brian, ich meine – Brett, neulich im Café nicht wieder erkannt hast", warf Ellie ein.

Sarah schaute sie mit großen Augen an. „Er sah total anders aus. Der Brett, den ich kannte, hatte lange, schwarze Haare und trug abgewetzte Motorradklamotten. Außerdem *hasste* mein Vater Brett. Er war so gut wie nie bei uns zu Hause und ich habe ihn nur ein paarmal gesehen."

„Du hast also Melinda geholfen alles für die Flucht vorzubereiten?", erinnerte sie Ellie.

„Ja. Ich belog meinen Vater und gab Melinda das

ganze Geld, das ich auf dem Sparbuch hatte. In der Nacht, als sie abhauen wollte, hatte Dad Nachtdienst. Damals war er noch Officer und musste häufiger abends arbeiten. Melinda wollte sich um acht Uhr mit Brett beim Einkaufszentrum in der Division Street treffen."

„Und was ist dann passiert?", fragte Ellie gespannt. „Hat sie ihn getroffen?"

Sarah schüttelte den Kopf. „Dad rief vom Einsatzwagen aus an und sagte, dass er früher nach Hause kommen würde. Er wollte mit uns Pizza essen gehen. Melinda versuchte Brett zu erreichen, aber bei ihm ging niemand mehr ans Telefon. Sie war total in Panik und hat angefangen hektisch irgendwelche Sachen in ihren Koffer zu schmeißen."

Wieder füllten sich Sarahs Augen mit Tränen. Ellie lächelte sie aufmunternd an, damit sie weitererzählte. Sie konnte es kaum erwarten, den Rest der Geschichte zu hören.

„Ich bot ihr an Brett zu suchen und ihm zu sagen, dass Melinda nicht zum Einkaufszentrum kommen konnte. Er sollte sie direkt an der Straßenecke abholen. So konnte sie noch zu Ende packen und dann aus dem Haus verschwinden."

„Also lief ich so schnell ich konnte zum Einkaufszentrum", fuhr Sarah fort. „Brett wartete schon dort. Ich erzählte ihm, dass mein Vater früher nach Hause kommen würde und wo er Melinda treffen konnte. Er bedankte sich bei mir und rannte zu seinem Motorrad. Als ich dann wieder nach Hause kam, war Melinda mit all ihren Sachen verschwunden."

Sarahs Stimme schwankte. Sie putzte sich die Nase und sah Ellie dann direkt in die Augen. „Das war das letzte Mal, dass ich meine Schwester gesehen habe."

Ellie biss sich verwirrt auf die Unterlippe. „Irgendwie komme ich da nicht mit, Sarah. Du hast doch vorhin gesagt, dass du Melinda umgebracht hast, oder?"

„Kapierst du das denn nicht?", rief Sarah schluchzend. „Dad hatte Recht! Brett war wirklich ein Mistkerl! Er ist ein Mörder und ich habe ihm geholfen! Ich war so scharf darauf, Melinda aus dem Haus zu kriegen, dass ich sie in den Tod geschickt habe. Wenn ich ihr an diesem Abend nicht geholfen hätte, wäre sie immer noch zu Hause. *Sie würde immer noch leben!*"

Erleichterung durchflutete Ellie. „Oh, Sarah", rief sie aus. „Du hast Melinda nicht umgebracht! Du darfst dir doch nicht die Schuld dafür geben!"

Auch Ellies Augen füllten sich jetzt mit Tränen. Die letzten zwei Jahre mussten furchtbar für Sarah gewesen sein. Wahrscheinlich hatte sie sich ständig gefragt, wo ihre Schwester war, ob es ihr wohl gut ging. Und je länger sie nichts von ihr hörte, desto größere Vorwürfe hatte sie sich gemacht.

Aber eine Sache war Ellie ein Rätsel.

Warum hatte Brett Melinda getötet?

Hatte sie in letzter Minute ihre Meinung geändert? War er deswegen wütend geworden? Oder hatte er den Mord schon seit längerem geplant?

Irgendwie ergab das alles keinen Sinn.

Ellie fröstelte plötzlich. Sie kreuzte schützend die Arme vor der Brust. Sarah zog die zerknüllte Bettdecke unter sich hervor und legte sie Ellie um die Schultern.

Das Licht wurde schwächer. Schatten breiteten sich im Zimmer aus. Ein starker Geruch nach Erde erfüllte auf einmal den Raum.

Ellie blinzelte.

Was war das?

Sarah verschwand langsam in einer grauen Wolke.

Ellie hatte das Gefühl, als ob sie fest auf die Matratze gedrückt wurde. Jemand schaufelte feuchte, schwere Erde auf sie, bis sie ganz davon bedeckt war. Das Gewicht drückte sie unerbittlich nieder.

Sie öffnete ihren Mund um zu schreien.

Die lehmige Erde füllte ihren Mund, knebelte sie und erstickte ihren Schrei.

Ellies Hände schossen nach oben. Verzweifelt versuchte sie sich freizuschaufeln, Luft zu bekommen. Dabei stießen ihre Finger auf ein hartes, rundes Stückchen Metall, das sie fest umklammerte. Erde drang ihr in die Nasenlöcher und die Augen.

Bedeckte ihren Körper und presste sie auf den Boden.

Ich bekomme keine Luft!, dachte sie panisch. Ich werde lebendig begraben!

Kapitel 21

Ellie stieß einen verzweifelten Schrei aus.

Plötzlich spürte sie, dass jemand sie heftig an den Schultern rüttelte. „Ellie! Ellie!“ Sarahs Stimme schien von weit her zu ihr zu dringen.

Sie verdoppelte ihre Anstrengung und schaufelte mit beiden Händen die schwere, feuchte Erde, die sie zu ersticken drohte, zur Seite.

Als sie die Augen öffnete, stellte sie fest, dass sie flach auf dem Rücken ausgestreckt auf dem Teppich lag. Sarah lehnte sich über die Bettkante und starrte sie völlig entgeistert an. „Ellie, was ist denn passiert?“, fragte sie besorgt.

Ellie setzte sich schwankend auf. „Ich … ich hatte das Gefühl, als ob ich lebendig verscharrt worden wäre – wie in einem Grab.“

„Was?“ Sarahs Augenbrauen fuhren ungläubig in die Höhe.

Ellie saß ganz still und versuchte sich zu beruhigen. Ihre rechte Hand war zur Faust geballt. Noch immer konnte sie etwas Festes, Glattes in ihrer Handfläche spüren.

Langsam öffnete sie die Finger. Ihre Hand war leer.

Aber sie wusste ganz genau, dass sie in ihrer Vision etwas Wichtiges umklammert hatte.

„In einem Grab verscharrt?“, wiederholte Sarah. „Du meinst, wie Melindas Grab?“

Immer noch auf ihre Hand starrend nickte Melinda. „Ja. Da ist irgendetwas in ihrem Grab. Irgendetwas, von dem deine Schwester möchte, dass ich es finde.“

„Was redest du da eigentlich?“, fragte Sarah misstrauisch. „Das klingt ja so, als ob Melinda zu dir gesprochen hätte."

„In gewisser Weise hat sie das auch." Ellie sah ihrer Freundin fest in die Augen. „Oh, Sarah, ich weiß, dass es völlig verrückt klingt, aber ich habe das zweite Gesicht. Deine Schwester hat Kontakt mit mir aufgenommen, indem sie mir Visionen geschickt hat. So habe ich ihr Grab im Wald gefunden."

Sarah starrte sie mit offenem Mund an. „Warum hast du mir denn nie etwas davon erzählt?"

„Weil ich wusste, dass du mir nicht glauben würdest", antwortete Ellie. „Und weil ich nicht wollte, dass irgendjemand davon erfuhr. Bevor wir nach Shadyside gezogen sind, hat mir meine Hellsichtigkeit eine Menge Ärger gemacht. Ich wollte einfach nicht, dass wieder das Gleiche passiert."

„Wow!", murmelte Sarah. „Jetzt ergibt auch alles einen Sinn. Als mein Vater mir erzählte, wie sehr du ihnen bei den Ermittlungen geholfen hast, habe ich mich gewundert, wie du so viel wissen konntest."

„Es ist schwer zu glauben", sagte Ellie. „Aber ich habe diese Visionen nur, wenn ich jemanden wirklich mag und näher kennen lerne. So wie dich. Als wir uns angefreundet haben, ist zuerst überhaupt nichts passiert und ich hatte schon gehofft, dass ich jetzt endlich meine Ruhe hätte. Und dann fand ich das Grab deiner Schwester."

„Und was ist mit Brett?", fragte Sarah. „Hast du etwas gemerkt, als du ihn getroffen hast?"

Ellie seufzte tief. „Das kann man wohl sagen! Ich hatte furchtbare Visionen von einem blutigen Dolch. Zuerst dachte ich, es hätte etwas mit meiner Mutter zu tun. Sie ist erstochen worden, als ich noch ganz klein war."

„Oh, Ellie. Das ist ja furchtbar!", sagte Sarah und sah sie mitleidig an.

„Aber ich habe mich geirrt", fuhr Ellie fort. „Es war eine Warnung. Ich sollte mich von Brett fern halten. Gerade eben habe ich wieder etwas ‚gesehen'. Etwas, das sich in einem Grab befindet."

„In Melindas Grab?", fragte Sarah.

Ellie nickte.

Sarah sprang auf. „Dann lass es uns suchen!", rief sie entschlossen.

„Meinst du wirklich?", fragte Ellie zögernd.

„Das bin ich Melinda schuldig", sagte Sarah leise.

Dann zog sie sich hastig ein graues Sweatshirt über und schlüpfte in ihre blauen Doc Martens. Sie fuhr sich noch einmal kurz mit der Bürste durch die Haare und stürmte dann die Treppe hinunter.

Ellie folgte ihr langsam nach unten. Sarah riss eine blaue Windjacke von der Garderobe und lief ins Wohnzimmer.

Gegen den Türrahmen gelehnt beobachtete Ellie, wie ihre Freundin die oberste Schublade eines Sekretärs herauszog.

Sie schnappte nach Luft, als sie den glänzenden Gegenstand in Sarahs Hand entdeckte.

Es war ein kleiner Revolver.

Sarah hob langsam ihren Arm und entsicherte die Waffe.

„Nein!", schrie Ellie entsetzt.

Kapitel 22

„Warum schreist du denn so?“, fragte Sarah. „Das ist der Revolver meines Vaters. Nur für den Fall, dass Brett auftaucht.“

Sie ließ die Waffe sinken und sicherte sie wieder. Dann schob sie den Revolver in die Tasche ihrer Windjacke. „So, jetzt kann uns nichts mehr passieren!“

Ellie war nicht besonders wohl bei dem Gedanken, dass Sarah eine geladene Pistole mit sich herumtrug, aber falls Brett wirklich auftauchen sollte, war es vielleicht doch besser, sie dabeizuhaben.

Sie traten vor die Tür und gingen zur Garage um einen Spaten und eine Taschenlampe zu holen. Bald waren sie in der Nähe des Fundorts von Melindas Leiche.

Sarah ließ das Licht der Taschenlampe durch das nächtliche Kiefernwäldchen wandern. Dann senkte sie den Lichtkegel auf den Boden. Der Erdhügel leuchtete in dem grellen Licht auf.

„Wonach suchen wir eigentlich?“, fragte Sarah flüsternd.

„Ich weiß es auch nicht genau“, antwortete Ellie, während sie das Grab umrundete. „Ich hab ja nicht gesehen, was es war. Ich hab’s nur in meiner Hand gefühlt.“ Das furchtbare Gefühl, lebendig begraben worden zu sein, überfiel sie plötzlich wieder.

Vielleicht war diese Vision ja auch eine Warnung, dachte sie. Eine Warnung nicht hierher zu kommen.

Eine eisige Gänsehaut kroch ihr über die Arme. Sie versuchte den Gedanken abzuschütteln.

Nein, entschied sie. Die Vision musste eine Botschaft

von Melinda gewesen sein, die ihr mitteilen wollte, dass sie nach dem Gegenstand in ihrem Grab suchen sollte.

„Es war auf jeden Fall sehr klein und rund“, versuchte sie es Sarah zu beschreiben. Dann stieß sie den Spaten in die weiche Erde und begann zu graben.

Kaum hatte sie angefangen, schluchzte Sarah laut auf. Ellie sah ihre Freundin erschrocken an. „Was ist los?“, fragte sie besorgt.

Sarah bedeckte ihr Gesicht mit beiden Händen. „Ich weiß nicht, ob ich das durchhalte. Hier hat Brett meine Schwester vergraben. Diese Vorstellung ist so furchtbar.“

„Wir werden ganz schnell machen“, versprach Ellie. „In ein paar Minuten sind wir wieder weg. Aber du musst mir leuchten, sonst schaffen wir es nicht, okay?“

Sarah nickte und hielt die Taschenlampe mit beiden Händen fest.

Ellie stieß den Spaten in die weiche Erde und grub weiter.

Ein leichter Wind flüsterte in den Bäumen. Trockene, braune Blätter segelten langsam auf den Boden.

Ellie kniete sich hin und siebte die lockere Erde durch ihre Finger. Sarah hockte sich neben sie und richtete den Strahl der Taschenlampe auf ihre Hände.

„Iiiih“, quietschte Ellie erschrocken, als ihre Finger etwas Feuchtes, Glitschiges berührten.

Dann merkte sie, dass es nur ein Regenwurm war.

Auf einmal schnappte Sarah hörbar nach Luft und der Lichtkegel der Taschenlampe tanzte wild hin und her.

„Was ist denn?“, rief Ellie nervös.

Sarah zeigte zitternd auf das Loch, das Ellie gegraben hatte. Ihre Augen waren vor Entsetzen weit aufgerissen. „Dddda … ein Knochen!“, stotterte sie.

Jetzt sah Ellie es auch. Ein kleiner, grauer Gegenstand

ragte aus der Erde. Vorsichtig berührte sie ihn mit den Fingerspitzen. Er fühlte sich kalt und hart an. Ein Stein.

Erleichtert atmete sie aus. „Alles okay, Sarah! Es ist nur ein Stein."

Sie reichte ihrer Freundin den Spaten. „Warum gräbst du nicht mal für 'ne Weile?", schlug sie vor.

Sarah nickte und machte sich an die Arbeit. Ellie hielt mit einer Hand die Taschenlampe und siebte mit der anderen die Erde durch.

Das Licht der Lampe wurde langsam immer schwächer. „Mist! Ich glaube, die Batterien sind bald alle", schimpfte Ellie. „Wir müssen uns beeilen!"

Sie durchwühlte die Erde und ließ sie langsam durch die Finger rieseln. Plötzlich stieß sie gegen etwas Kleines, Glattes.

„Hast du etwas gefunden?", fragte Sarah aufgeregt. Sie warf den Spaten beiseite und ließ sich neben Ellie auf die Knie fallen.

Ellie rieb den Gegenstand an ihrer Jacke ab. Sarahs Hand zitterte, als sie den schwachen Strahl der Taschenlampe darauf richtete.

Es war ein Knopf.

Ein goldener Knopf.

„Ist das alles?", rief Sarah enttäuscht und warf nur einen flüchtigen Blick darauf. „Das hilft uns doch kein Stück weiter!"

„Da bin ich mir nicht so sicher", sagte Ellie nachdenklich und starrte auf den kleinen Knopf, der im Licht glänzte. „Vielleicht hat ihn die Person, die Melinda vergraben hat, verloren."

„Könnte sein", gab Sarah zu. „Aber das ist jetzt zwei Jahre her. Wie sollen wir beweisen, dass Brett damals ein Kleidungsstück mit goldenen Knöpfen getragen hat?"

„Na ja“, begann Ellie zu erklären. „Wenn die Polizei seine Wohnung durchsucht, findet sie vielleicht …“

Ein Geräusch ließ sie zusammenfahren.

Das scharfe Knacken eines Zweigs ganz in der Nähe.

„Wer ist da?“, rief Ellie und versuchte sich ihre Angst nicht anmerken zu lassen.

Eine dunkle Gestalt trat aus dem Schatten der Bäume.

„Brett!“, schrien Ellie und Sarah gleichzeitig.

Er ging schnell auf sie zu und blieb dicht vor Ellie stehen.

„So“, sagte er mit kalter Stimme. „Ihr habt also den Knopf gefunden.“

Kapitel 23

Er weiß über den Knopf Bescheid, schoss es Ellie durch den Kopf.

Er hat sich daran erinnert, dass er ihn in der Nacht verloren haben muss, als er Melinda umbrachte.

Sie starrte Brett ängstlich an. Sein braunes Haar hing ihm wirr und ungekämmt in die Stirn. Die Jeansjacke, die er trug, war schmutzig und zerknittert und seine Hose hatte auf beiden Knien große Flecken.

Er hat sich im Wald versteckt, dachte Ellie. Sie blickte ihm in die Augen und sah für einen kurzen Moment Furcht darin aufflackern.

Ihr wurde auf einmal klar, dass Brett müde und verängstigt war. Er hatte sich zwei Jahre lang versteckt und war jetzt auf der Flucht und völlig verzweifelt.

Er ist zu allem fähig! Diese Erkenntnis durchfuhr sie wie ein Schock.

Brett streckte fordernd seine Hand aus. „Zeig ihn mir, Ellie!"

Sie trat einen Schritt zurück und stieß gegen Sarah, die erschrocken aufschrie. „Geh weg, Brett", sagte Sarah mit zitternder Stimme und versteckte sich halb hinter Ellie. „Mein Vater wird jeden Augenblick hier sein. Du solltest besser verschwinden!"

Brett hörte ihr gar nicht zu. Ungeduldig streckte er Ellie die offene Hand entgegen. „Den Knopf! Zeig ihn mir!"

„Welchen Knopf denn?", fragte Ellie unschuldig und versuchte zu bluffen. Sie hielt ihn unauffällig in ihrer rechten Hand.

„Mein Vater ist auf dem Weg hierher. Schnell, verschwinde!", versuchte es Sarah noch einmal. Ohne Erfolg. Brett ignorierte sie einfach.

„Ich will den Knopf sehen", sagte er mit harter, gefühlloser Stimme und blickte Ellie unverwandt an.

Er weiß, dass ich ihn habe, dachte Ellie. Es hat keinen Zweck, ihm etwas vorzumachen.

Sie hob ihre rechte Hand und öffnete sie. Der goldene Knopf lag auf ihrer Handfläche. Als sie darauf blickte, begann er zu glühen.

Ihre ganze Hand erglänzte in einem goldenen Licht – wie von einer kleinen Sonne erleuchtet.

Der Glanz breitete sich immer weiter aus. Die dunklen Bäume, der Nachthimmel und der blätterbedeckte Boden schienen dahinter zu verblassen und verschwanden schließlich ganz.

Ein roter Blitz jagte durch das glänzende Gold. Das Rot breitete sich immer weiter aus und wurde schließlich zur Vorderseite eines Sweatshirts.

Melindas rotes Sweatshirt!

Ellie sah, wie Melinda ihren Mund in einem stummen Schrei aufriss und mit jemandem kämpfte. Hände umklammerten ihre Schultern.

Wer war die Gestalt? Kämpfte sie dort mit Brett?, fragte sich Ellie, während sie in das goldene Leuchten starrte und mehr zu erkennen versuchte.

Aber sie konnte nur die Hände und den Rücken des Angreifers sehen. Und Melindas Gesicht, das vor Angst und Entsetzen verzerrt war.

Dann verblasste das Bild. Ellie blickte wie hypnotisiert in den schrumpfenden goldenen Kreis. Das Leuchten verglühte langsam, bis schließlich wieder der kleine Knopf in ihrer Handfläche lag.

Sie sah zu Brett auf. „Nun gib ihn schon her!", wiederholte er ungeduldig. Als sie sich nicht bewegte, griff er hastig danach und stieß dabei gegen ihre Hand.

Ellie zuckte zurück und ließ den Knopf fallen.

Sarah war schneller als Brett. Sie bückte sich und hob ihn auf. Ellie hörte, dass sie einen entsetzten Schrei ausstieß.

„Bitte, ich muss ihn sehen!“, bat Brian verzweifelt.

„Warum? Weil du ihn in der Mordnacht hier vergessen hast?“, fuhr Ellie ihn an.

Bretts Augen glitzerten wütend. Er öffnete seinen Mund um zu antworten.

Aber eine andere Stimme schnitt ihm das Wort ab.

„Alle stehen bleiben! Keiner bewegt sich!“

Brett fuhr erschrocken herum.

Ellie stieß einen lauten Seufzer der Erleichterung aus, als Lieutenant Wilkins aus dem Schatten der Bäume trat.

Sarah griff nach Ellies Arm. „Dad!“, rief sie überrascht. „Woher wusstest du …?“

„Ein Streifenwagen fuhr gerade vorbei, als ihr beiden in den Wald gelaufen seid. Der Beamte hat mich über Funk benachrichtigt.“ Lieutenant Wilkins ließ Brett nicht aus den Augen, während er mit Sarah redete. Er griff in seine Jacke und zog eine Pistole.

Brett zuckte erschrocken zusammen und hob langsam beide Hände über den Kopf.

„Du bist mir einmal entkommen, aber jetzt hab ich dich!“, sagte er mit ausdrucksloser Stimme.

„Lieutenant Wilkins“, rief Ellie und stellte sich hinter ihre Freundin. „Wir haben einen Knopf gefunden. In Melindas Grab.“

„Geht zurück!“, blaffte Sarahs Vater mit ärgerlicher Stimme. Er winkte sie mit der Pistole beiseite. „Los, ihr beiden! Geht schon! Brett ist gefährlich!“

„Aber, Dad …“, protestierte Sarah.

„Geht zum Auto!“, brüllte er ungeduldig. „Sofort!“

Ellie und Sarah zögerten. Ellie sah, dass Bretts Augen vor Angst weit aufgerissen waren.

Die Hände immer noch erhoben trat er unauffällig einen Schritt zurück.

„Habt ihr mich nicht verstanden?“, bellte der Lieutenant und sah zu den Mädchen hinüber.

Wieder ging Brett einen kleinen Schritt zurück.

Lieutenant Wilkins fuhr herum und richtete drohend seinen Revolver auf ihn. „Diesmal wirst du nicht wieder abhauen!“, rief er.

„Dad! Nein!“, schrie Sarah auf.

„Erschießen Sie mich nicht!“, stieß Brett hervor und stolperte rückwärts.

„Du entkommst mir nicht!“, zischte Wilkins und zielte.

„Bitte nicht!“, flehte Brett.

„Du hast meine Tochter getötet! Denkst du wirklich, ich lasse dich so davonkommen?“ Lieutenant Wilkins entsicherte die Pistole.

„Warten Sie …!“, schrie Brett.

Wilkins drückte ab. Der laute Knall hallte von den Bäumen wider.

Kapitel 24

Ellie schrie entsetzt auf. Sie erwartete Brett fallen zu sehen.

Bretts Gesicht erstarrte vor Schreck. Seine Arme fielen herab und seine Knie knickten ein.

Aber er fiel nicht hin.

Im selben Moment stieß Lieutenant Wilkins einen lauten Schmerzensschrei aus.

Ellie fuhr herum und sah, dass er sich die Schulter hielt. Dunkles Blut breitete sich auf seiner Uniform aus.

Hinter ihm stand Sarah und hielt mit beiden Händen einen Revolver auf den Rücken ihres Vaters gerichtet.

Lieutenant Wilkins stöhnte vor Schmerzen auf und drehte sich langsam zu Sarah um. „Warum … warum hast du das getan?“, stammelte er.

Sarah zielte immer noch auf ihn. „Ich weiß Bescheid, Dad!“, sagte sie mit tonloser Stimme. Ihre Augen waren anklagend auf ihren Vater gerichtet, aber ihr Gesicht blieb völlig ausdruckslos.

„Sarah … du hast auf mich geschossen!“, sagte Lieutenant Wilkins fassungslos und hielt sich die verletzte Schulter. Blut floss über seine Hand und durchtränkte seine Jacke.

„Ich kenne jetzt die Wahrheit“, sagte Sarah kalt. „Als ich den goldenen Knopf sah, war mir alles klar. Ich habe ihn wieder erkannt, Dad! Es ist der goldene Knopf von deiner Uniform. Du hast dich an dem Abend, als Melinda verschwand, furchtbar darüber aufgeregt, dass du ihn verloren hattest.“

„Aber, Sarah …“, protestierte Lieutenant Wilkins schwach.

„Melinda war verschwunden und du hast dir Gedanken über einen fehlenden Uniformknopf gemacht. Damals ist es mir gar nicht aufgefallen, weil ich selber so aufgeregt war, aber heute habe ich endlich den Zusammenhang verstanden. Du hast Melinda umgebracht!"

„Es war ein Unfall", verteidigte er sich mit heiserer Stimme. Dann schrie er vor Schmerz auf und presste die Hand auf die Wunde. Er schwankte und fiel auf die Knie, direkt neben Melindas Grab.

„Du hast deine eigene Tochter umgebracht", murmelte Sarah und zielte tiefer.

Ellie starrte entsetzt auf ihre Freundin. Erst als Brett ihren Arm berührte, merkte sie, dass er sich neben sie gestellt hatte. Sie sah zu ihm auf. Brett ließ Lieutenant Wilkins nicht aus den Augen.

„Es war ein Unfall", wiederholte Wilkins stöhnend. „Ich wollte nicht, dass Melinda mit *ihm* weggeht." Er sah Brett hasserfüllt an. „Wir haben uns gestritten. Ich habe versucht sie fest zu halten und sie hat sich gewehrt. Dabei ist sie dann plötzlich hingefallen und mit dem Kopf aufgeschlagen. Ich habe es nicht gewollt! Es war ein Unfall! Du musst mir glauben, Sarah! Ich habe Melinda über alles geliebt!"

„Ich weiß", sagte Sarah bitter. „Und dann hast du es so aussehen lassen, als ob sie erstochen worden wäre, und hast sie im Wald vergraben. Und Bretts Messer auch. Damit der Verdacht auf ihn fallen würde."

„Er hat unsere Familie zerstört!", schrie Lieutenant Wilkins. „Ich wollte es ihm heimzahlen! *Er* ist schuld, nicht ich!"

„Sie wollten mich erschießen", sagte Brett leise und stützte sich Halt suchend auf Ellies Schulter. „Deswegen haben Sie mich heute Abend laufen lassen! Sie wollten gar nicht, dass ich ins Gefängnis komme. Sie wollten mich töten!"

Lieutenant Wilkins starrte ihn mit blankem Hass in den Augen an. „Du hast unsere Familie zerstört! Du hast es verdient zu sterben!"

Ellie schrie auf, als sie sah, dass er den Revolver hob. Er hielt ihn mit zitternden Händen fest und zielte genau auf Bretts Herz. Dann betätigte er den Abzug.

Kapitel 25

Noch einmal hallte der Wald von einem Schuss wider.

Ellie griff nach Brett. „Bist du verletzt?“, schrie sie.

Der Schuss war ins Leere gegangen. Brett stürzte sich auf Lieutenant Wilkins und schlug ihm die Pistole aus der Hand.

„Zwei Jahre war ich wegen Ihnen auf der Flucht und musste mich verstecken! Zwei Jahre! Und ich war unschuldig. Was ist mit *meiner* Familie, Lieutenant Wilkins? Haben Sie darüber schon mal nachgedacht?“, sagte er leise.

Wilkins stöhnte vor Schmerzen und fiel zu Boden. „Sarah, hol Hilfe!“, murmelte er.

Sarah zögerte einen Augenblick. Dann ließ sie den Revolver sinken und lief in Richtung Straße. „Ich weiß, wie das Funkgerät funktioniert“, rief sie über die Schulter zurück. „Ich sage ihnen, sie sollen einen Krankenwagen schicken!“

Ellie sah ihr nach, wie sie im Wald verschwand.

Brett hob den Revolver des Lieutenants auf. Dann kam er zu Ellie hinüber und legte ihr seinen Arm um die Schulter. Mit einem langen, erleichterten Seufzer lehnte sie sich an ihn und schloss die Augen.

„Wie soll ich dich denn nun eigentlich nennen – Brian oder Brett?“, fragte Ellie.

„Nenn mich Brett“, sagte er nachdenklich. „Den anderen Namen brauche ich jetzt nicht mehr. Brian war nicht real, aber ich bin es.“

Die beiden saßen auf der Couch in Ellies Wohnzimmer und Brett hielt ganz fest ihre Hand. Während sie sich unterhielten, hatte sich Chaz vor ihnen auf dem Teppich ausgestreckt und schnarchte zu Ellies Füßen.

„Da ist noch so einiges, was ich nicht verstehe“, sagte Ellie. „Woher wusstest du, dass du dich verstecken musstest? Dass Lieutenant Wilkins dich für den Tod von Melinda verantwortlich machen würde?“

Brett drückte ihre Hand. „In der Nacht, als Melinda starb, fuhr ich zu ihr nach Hause um sie abzuholen. Aber es war niemand da. Das ganze Haus war dunkel. Ich dachte, dass sie wohl ihre Meinung geändert hatte und nicht mehr mit mir weglaufen wollte.“

„Das muss genau der Zeitpunkt gewesen sein, als Wilkins sie im Wald vergraben hat“, sagte Ellie traurig.

Brett schwieg für einen Moment. Dann fuhr er mit leiser Stimme fort: „Ich war ziemlich durcheinander und bin stundenlang in der Gegend herumgefahren. Als ich nach Hause kam, war meine Mutter noch wach und hat auf mich gewartet. Sie sagte mir, dass Lieutenant Wilkins dagewesen wäre um mich zu verhaften. Weil ich seine Tochter umgebracht hätte.“

„Oh, nein!“, rief Ellie aus. „Und was hast du dann gemacht?“

„Zuerst habe ich meiner Mutter geschworen, dass ich es nicht gewesen bin. Dann bin ich abgehauen. Ich war völlig geschockt und verzweifelt und mir war klar, dass mir niemand glauben würde. Also hab ich mich auf mein Motorrad gesetzt und bin losgefahren. Es wollte einfach nicht in meinen Kopf, dass Melinda tot sein sollte.“

„Und was hast du die letzten zwei Jahre gemacht?“, fragte Ellie.

„Ich bin bei Verwandten untergekrochen. Hab mich versteckt, bin nie lange an einem Ort geblieben. Außerdem habe ich mein Aussehen und meinen Namen verändert. Ich wusste, dass Wilkins mich kriegen würde, wenn ich mich zu Hause blicken ließ." Er seufzte tief. „Es war furchtbar, Ellie. Der reinste Albtraum!"

„Aber warum bist du denn dann nach Shadyside zurückgekommen?", fragte Ellie. „Du wusstest doch, dass es Ärger geben würde. Warum hast du das riskiert?"

Er sah sie eindringlich an. Seine dunklen Augen glühten. „Wegen dir", antwortete er.

Ellie starrte ihn überrascht an. „Wegen mir? Aber du kanntest mich doch gar nicht!"

„Ich habe dich in einer Vision gesehen", sagte Brett.

Kapitel 26

„Ich habe das zweite Gesicht, Ellie“, erklärte er, als er ihre geschockte Miene sah. Ich habe Visionen. So was wie Träume, nur dass ich dabei wach bin.“

„Du auch?“, rief Ellie aus. „Ich … ich glaub es einfach nicht!“

„Es stimmt aber“, sagte Brett. „In einer Vision habe ich Melinda gesehen. Es war im Wald. Sie trug ihr rotes Sweatshirt und wirkte furchtbar traurig. Sie bat mich zu kommen um ihr zu helfen. Und dann sah ich dich. Du standest neben ihr. Ich wusste nicht, wer du warst, aber ich fand dich wunderschön. Außerdem sahst du ziemlich mutig aus.“

Ellie sah ihn nur an und schüttelte ungläubig den Kopf.

Er hat auch das zweite Gesicht, dachte sie voller Erstaunen. Warum habe ich das bloß nicht gemerkt?

„Nachdem ich euch gesehen hatte, wusste ich, dass ich nach Shadyside zurückkehren musste. Ich wollte endlich herausfinden, was mit Melinda geschehen war. Und ich musste dich beschützen.“

„Und so kamst du zurück …“, begann Ellie und drückte Bretts Hand.

„Und fand dich“, beendete er ihren Satz. „Du entdecktest Melindas Grab im Wald, genau wie in meiner Vision. Möchtest du noch etwas Verrücktes hören?“

„Was denn?“, fragte Ellie.

„Als ich dich zum ersten Mal sah, wusste ich, dass du auch das zweite Gesicht hast. Und ich war mir ganz sicher, dass wir gemeinsam das Rätsel lösen würden.“

„Wahrscheinlich hatte ich deswegen immer so ein

komisches Gefühl, wenn wir zusammen waren", gestand sie. „Ich hatte furchtbare Visionen von einem silbernen Dolch. Und an diesem Nachmittag auf Fear Island, als du das Messer rausholtest um deinen Apfel zu schneiden …"

„Ich hab dir doch erzählt, dass es der Dolch meines Großvaters ist", unterbrach Brett sie. „Er war auch Polizist. Diese Messer mit dem Silberknauf gehörten zur Ausrüstung. Sie waren so eine Art Dienstwaffe."

„Deswegen kam mir der Dolch so bekannt vor, den Lieutenant Wilkins vergraben hat. Er muss genau so einen gehabt haben."

Chaz rollte sich auf den Rücken. Ellie lehnte sich vor und kraulte ihm den Bauch. Der schwarze Labrador fiepte im Schlaf.

„Und der goldene Knopf?", fragte Ellie und setzte sich wieder neben Brett. „Woher wusstest du, dass Sarah und ich ihn gefunden haben? Hattest du wieder eine Vision?"

Brett nickte. „Ja. Ich habe Melinda gesehen. Sie hielt einen goldenen Knopf in ihrer Hand und zeigte ihn mir. Ich wusste nicht, was das bedeuten sollte, aber mir war klar, dass es sehr wichtig war. Dieser Knopf war der Schlüssel zum Geheimnis. Deswegen wollte ich ihn vorhin unbedingt sehen."

„Zum Glück hat Sarah rechtzeitig die Wahrheit herausgefunden", murmelte Ellie mit einem Schaudern.

Sie lehnte ihren Kopf an Bretts Schulter. Eine Weile schwiegen sie einfach nur. Das einzige Geräusch im Raum war das gleichmäßige Schnarchen von Chaz.

„Meine Mutter hatte auch das zweite Gesicht", sagte Ellie mit leiser Stimme. „Ich glaube, sie hat mir diese Fähigkeit vererbt."

„Ich habe schon Visionen, seitdem ich ein kleiner

Junge bin“, vertraute Brett ihr an. Er setzte sich auf und grinste. „Übrigens – ich glaube, ich habe gerade wieder eine.“

Ellie sah ihn erstaunt an. „Wirklich?“

Er nickte. „Ja. Wetten, ich kann deine Gedanken lesen? Wetten, ich weiß ganz genau, was du jetzt gerade denkst?“

„Na, was denn?“, fragte Ellie herausfordernd.

Er beugte sich vor und gab ihr einen langen, zärtlichen Kuss.

Über den Autor

„Woher nehmen Sie Ihre Ideen?"
Diese Frage bekommt R. L. Stine
besonders oft zu hören.
„Ich weiß nicht, wo meine Ideen herkommen", sagt er.
„Aber ich weiß, dass ich noch viel mehr unheimliche
Geschichten im Kopf habe, und ich kann es kaum
erwarten, sie niederzuschreiben."
Bisher hat er über fünfzig Kriminalromane und
Thriller für Jugendliche geschrieben,
die in den USA alle Bestseller sind.
R. L. Stine wuchs in Columbus, Ohio, auf.
Heute lebt er mit seiner Frau Jane und seinem Sohn Matt
unweit des Central Park in New York.